乡愁是人间最美的愁

它仿佛一盏灯

静静伫立在床头窗下

隐约照着我们的来路

乡愁乡韵系列

乡愁若灯

互动征文选集

本书编写组 编

江苏人民出版社

序

谢红

"今夕复何夕,共此灯烛光。"翻开《乡愁若灯:互动征文选集》,浓浓的思乡情怀扑面而来,不由得令人微醺似醉。仔细端详,每一篇短文,果然都怀揣着"羁鸟恋旧林,池鱼思故渊"的情愫。

乡愁,是一个古旧的话题。寻找其踪,诗句是最好的线索。大约《诗经》里就有了它的踪迹,比如"我思肥泉,兹之永叹。思须与漕,我心悠悠"。再比如"我徂东山,慆慆不归。我来自东,零雨其濛"。再往后,浸染乡愁的诗句简直可以汗牛充栋了。其实,这倒是不奇怪,每个人都会有个故乡,每个人都会对故乡有着特殊的亲近和回忆,故乡的人与事、风景与物什,都会随着每个人的生活轨迹而沉淀在心里,如同陈年佳酿。"君自故乡来,应知故乡事。"而诗人又是各种感性宣泄的文字动物,他们会把寻常无法表达的东西用寥寥数语勾勒出来。诗人笔下的乡愁大抵如此。

记得俄罗斯有部电影叫《乡愁》,导演也是位诗人。故事说的是一位俄罗斯诗人去意大利寻找一位音乐家。情节简单，精神丰富。开头的一句独白"初次见到这景象我泪流满面"，几乎成了《乡愁》的序言。随着电影的落幕，一种"落叶满空山，何处寻行迹"的空灵感受和惆怅落寞，打从心底升起。这种心理活动，兴许就是标准的乡愁吧。

思绪回到《乡愁若灯》，眼前的那些故事，可能有些阅历的人，看后都会感同身受。炊烟，土庙，山茶油；水田，老街，酱油豆。真是乡愁不是愁，记忆上心头。如果说人间宗教都有着各自的象征事物，那么乡愁的象征就是故乡的场景风物，就是老屋里的气息，灶台上的水渍，小河边的嬉戏，井台里的辘轳，还有家里饭菜的飘香，这些已然成了乡愁的符号。

说到这里，自然就产生了一个平时不会去想的问题，什么是乡愁？显然，如果单纯用文学作品来解析乡愁，也只能是从表象到表象，从情景到情景。就算是"野旷天低树，江清月近人"这样的表白，也是空灵有余，阐释不足。引入一些文化社会心理学的观点和理论来看待乡愁，或许会找出什么是乡愁的粗浅答案。

从文化的社会心理角度来看，乡愁是一种文化心理在特定场景下的语境激活，说穿了就是一种文化心理的集体无意识积淀，经过长久的个体和环境的互动，稳定地积攒在个体的精神世界之中。一旦遇到合适的机缘，这种心理积攒就会活跃起来。生活中充满了各种矛盾，无论人生坎坷曲折还是一帆风顺，心理世界的瞬间变化有可能成为激活乡愁的原动力。每个人都有着各自的文化背景，每个人都可能走入另一种文化背景的环境中去生活工作。一种文化和另一种文化之间的相互抵牾和冲突，多半会造成个体文化背景的"不便利"，人便会面临选择：要么适应新的文化背景，要么逃避新的文化背景。但有一点可以明确，无论适应与逃避，外在的冲突必然会进入个体的心灵世界并引发精神层面的矛盾冲突。"日暮乡关何处是，烟波江上使人愁"就是这样的心灵冲突的语境激活。

既然每个人都有各自的文化背景，那么每个人都会有相应的认知负荷。所谓认知负荷，就是人对事物的认知限度。当文化冲突（如生活叙事冲突、语义冲突之类）兴起，超出了人的认知负荷，人们就会不由自主地去寻找容易认识的事物，家乡的过往和记忆，是最容易提取出来充当这样的认知对象的。开启思乡的窗户，自我就会形成对比效应，用眼前对比往昔，用身边对比遥远，用回忆对比体悟，"我持长瓢坐巴丘，酌饮四座以散愁"，乡愁油然而起。

因此，乡愁其实就是一种心理重构，是在变幻莫测的无常人生中不断寻找心理位置的一个过程。它多半掺杂了个体的个性特征和人格特质，同样也会成为个体最后的心理防线。"叶落终须归根"和"独在他乡为异客"，同样是乡愁，却是不同的人生态度和选择。

由此，乡愁不止是一种符号，"乡"是一种界限、范畴、约束，让一个人的思绪在有限的时空里且行且忆；"愁"是一种情感、思考、启迪，让人的认知在无限的精神里且忆且思。

在江苏人民出版社与互动百科联合举办"乡愁若灯——记住乡愁，留住乡韵"互动征文出版活动这一年里，在这块平台上，我们看到一个个生动的舞者：在这一年里，我们收到来自海内外的作者的投稿，无时无刻不被浓浓的乡情打动；在这一年里，我们通过互动百科网站、微信，与网友、微友们互动，频频感受到由网络连接起的"热情快递"；在这一年里，我们通过线下活动，与投稿者面对面地沟通交流。尤其在后期的选稿阶段，我们一次次浸染在每篇来稿的乡愁中，以至于忘却作为编辑必须有的"火眼金睛"，可以说，每篇来稿都难以割舍。这里要特别说明的是《乡愁》的作者，她是一位年近七十的退休老人，而《回到老宅深巷》的作者是一位脑瘫患者，她二十六年来无法独立行走，只能用一根中指敲键盘，她们给我们投来了自己的诗作。按活动要求，此次活动不接受诗歌体裁，但我们确实无法拒绝这两位特殊作者的稿件，破例收录了。

本次活动得到了很多单位领导、朋友们的支持。上海铁路局南京客运段多次与江苏人民出版社联合举办颇有影响的线下活动，新华社江苏分社、中央电视台江苏记者站、江苏广电总台等新闻媒体给予本次活动宣传支持；上海铁路局南京客运段工会主席陈静美为通过网评选出的精彩片段进行了配乐朗诵，著名主持人林杉亲临线下活动现场朗诵诗作，让活动增添"金话筒"风采，著名主持人李佳阳光、激昂、幽默的主持风格，让"乡愁若灯·绿皮车读书会"平添了一份自豪与庄严。著名诗人曹峰峻、著名作家柯江、著名文学评论家毛贵民专门作诗、抒文，怀乡之情跃然笔端。著名方言主持人吴小平，一篇《我的乡愁，在大江上》牵动了阅者童年的柔情……

实不相瞒，此次活动举办的结果已超出我们初始的计划之外。我们原本是想通过"怀乡"的普遍情结探讨线上线下出版新方式、新格局，然而一年来我们的兴奋点却有了偏离。有了乡愁的话题，无论天涯海角，均若比邻；无论身处显贵，也降尊纡贵。

乡愁若灯灯一盏，一盏灯火是乡愁。全球化浪潮来袭，乡愁不仅没有褪色消失，或许更是跟随心灵漂泊的一盏灯火。无论它给人在艰辛中一丝慰藉，还是给人在幸福中一念遥想，乡愁都是每个人心底的——信仰。

（本文作者为江苏人民出版社副总编辑）

目　录

（按投稿时间顺序排序）

炊烟

许卫国

清晨，村庄上最生动的不是鸟叫鸡叫，不是老牛山羊咩咩的呼唤，不是晃荡的青枝和排排的绿波，是炊烟。

炊烟无声，开始浓重地从屋顶的烟囱奔涌而出，山洪暴发、乌云翻滚、原子弹爆炸均可比喻，这是柴草初燃吐出的一口闷气，很费力气时，当火苗在锅膛里快活地舞蹈时，炊烟顿时就变成青蓝，在阳光里像蓝宝石一样透明，闪烁，可见不可得。

与炊烟相匹配的是草屋，草屋是中华民族历史上最悠久的建筑物之一，炊烟和草屋在一起，最有历史感，也最富有田园风光和自然的诗意，给人温馨和安详之感。

一个村庄，如果炊烟能不约而同相继升空，这个村庄就充满生机，就知道那里有人烟，那里有生活的希望。纵然一个浪漫的诗人，此时他也不会再去追逐美霞巧云、风花雪月，而是朝着那一缕炊烟、几颗火星走去。

在田里的劳作的人，汗滴禾下土也好，可怜身上衣正单也好，只要看到炊烟升起，就顿时炊烟一样飘逸起来，透过炊烟就看到或母亲、或妻子、或姐妹正在把青菜切得吭哧吭哧响，把水烧得蒸蒸日上，欣欣向荣，尽管油少了一点，肉也更稀缺。白菜萝卜也是要有的，窝头饼子是歌词，萝卜白菜就是曲子，没有他们的配合，不是不好听，是不开胃啊。

炊烟是呼唤，是真情的示意，家里人知道地里人的苦累，知道口渴了满嘴苦咸，喉咙里开裂出火，知道肚子饿了会头昏眼花，上气不接下气，病了似的，寸步难行，这些都需要茶饭来解决，有了茶饭，就是粗茶淡饭，他们就会像雨露滋润禾苗壮，顿时就像朝阳一样，灵动而精神。火再大一点，心都火燎似的。可是，时辰是严肃的，是刻板的，不到时辰，炊烟是不会出现的。

炊烟是安详，是安慰，就算你在田里累了，渴了，饿了，看到炊烟心情就稳定多了，所有不适就缓解了，那种即将到来的享受，只有在这种前提下才有意义，才有意味无穷，才有意气风发。炊烟有时顺风能飘到田里，细心的人能闻到那一缕炊烟是他自己家的，那是豆秸的味道，那是麦瓤的味道，那是冬上楼的草，那是春天挖的茅草根，这时鼻子比眼睛还灵。炊烟中还夹着饭菜的味道，孩子深谙母亲的厨艺，丈夫熟悉妻子的口味，一个锅里抹勺子，心心相印，酸甜苦辣都相同了，一切都通了，不是一家人，也不进一家门，闻闻炊烟的味道也不会走错门。

阴雨天，炊烟恋家，藏在屋里不出来，最多也在屋檐下徘

徊，主人并不喜欢它们这样。也许，田里没人干活了，炊烟不必再高高地召唤，也许和这些下田的人接触较少，今天就和这些劳力亲热个够。老农常说，烟暖烟暖。冬天，草屋子有炊烟在弥漫，总会叫人泪眼婆娑，随之身上燥热。畏寒的老人就喜欢这样，没有炊烟，它们也会妪一盆死火，故意让它冒烟取暖。

透过绿油油的枝叶、笑盈盈的晨光，或直上蓝天，或融入晚霞，或飘落在原野，炊烟，给我们最诗意的熏陶，最温馨的慰藉，那种田园牧歌式的水墨画，那种农耕时代的抒情诗，永远地留在我们曾经受到恩惠的记忆中。

炊烟也越来越少见了，不必矫情，不必去个人独白，只要安详，只要宁静。炊烟是我们安详的身影，更是我们宁静的灵魂。

扫二维码，聆听本篇精彩片段配音朗诵（8´11˝—11´10˝）

节愁

刘俊利

　　每当春节来临之际，总会有些淡淡的哀愁。这种愁不是余光中的《乡愁》，却又近似《乡愁》，与春节有关，称为节愁。

　　儿时的春节是在家乡度过的。记得有人说过，有父母在叫老家，没有父母在叫家乡。每逢春节来临，倒计时过着每一天。每天做什么、干什么都有讲头。那时家里不很富裕，除了大家一起能共享幸福的年夜饭外，每个小孩能买到一挂"浏阳"一百头鞭炮就很不错了。家庭好的能穿上一件新衣，那就算不一般地过年。那时条件差，但幸福指数不低。不仅找不到"愁"字来，相反"明年过年买什么"的年味兴致与年俱增。

　　求学时，春节肯定也是在家乡度过的。没有结婚，没有工作，不回家哪里去？求学已使得我较少在家里待。又逢父亲因病去世，因经济拮据暴露出的各种问题纷至沓来。尽管考学的荣耀余兴未尽，但孩提时代浓浓的春节味道已很难找回。

　　工作之初，春节也是在家乡渡过的。刚刚步入社会，什么也不懂，迷茫地、傻傻地过着每一天。回到家里，长辈已不再将我看成学生或懵懂的小孩。体弱多病的至亲母亲渴望着身体好转需要钱，家庭的方方面面需要钱。虽然自己需要长辈的语重心长，但哪里有？虽然需要在老人面前撒娇，可在哪里撒？工作、生活，一个人独自、步履蹒跚地迈着一步又一步。更何况在春节，更多的是生活的复杂和无奈。春节由此变得索然无味、可有可无。

结婚后最初几年过春节，一半在家乡一半在工作地。男大当婚女大当嫁，到了那个年龄，自然结婚生子。男人工作当第一，自然感觉忙。孩子小没人看，两人承担着当下难以承受的困苦。孩子一岁半送了托儿所，现在想起来心里仍是酸酸的。过节回家看老人，理所当然。孩子小，在老家天寒地冷受不了。春节在家乡和新家之间荡来荡去。春节味道尽管那时还浓，也感觉不到了。

工作踏实后，过春节已经没有地域的局限。在自我感觉工作生活已经踏实、能够站起来开始环顾周围的时候，本来体弱多病的母亲一天不如一天。真心想在母亲身边感受母子之情、报答养育之恩的时候，母亲却离我们而去。没有父母的春节已经没有了地域的局限，不论是在过去的老家，还是现在的家乡，还是在另外的地方，尽管心理上还难以适应，但感受不到当孩子的春节味道，更感受不到感恩父母养育的春节味道。

而今，过春节没有了地域局限，在哪里都可以过春节。只要是有假放，就是过春节；只要是仔细地认真地打扫卫生，就是过春节；只要是在准备年货——尽管平时吃的就是年货——

就是过春节；只要是有放鞭炮的，尽管放多了不环保，就是过春节；只要是孩子老婆在一起吃个饭，就是过春节。

曾经的春节，曾经的滋味，曾经的期盼，曾经的一切一切，留在了记忆中。

那也许就是节愁吧！

撕碎的记忆

陈恒礼

　　记忆被撕碎——我指的是那些美好的记忆，无论用多么万能万能的胶，也是胶不住断裂的味道和破碎的声音的。

　　老家后的土井边是一个大汪塘，四周杨柳垂岸，水清鱼美。村姑在那里洗衣，村妇在那里淘米，鱼就撩湿了她们的衣衫，许多的笑声就清澈了一塘的欢乐。傍黑的夏日星光下，女的在一边洗澡，男的在另一边呼叫，整个汪塘激起的都是自由的浪花。冬日的阳光里，大大小小男男女女在晶莹的冰面上飞翔，暖暖的汗滴，会开在脸上，一不小心就会撞断了许多残苇败蒲。记得，夏天时我们还在它们的身边，捉过鱼也摸过鸭蛋。现在，那水早已经浓黑如漆，白的手伸进去，就染成了黑的掌出来。一股难闻的气息，扑面而来，谁从汪塘边路过，心都会紧缩地抖一下。至于那口清亮微甜的半个村人吃水的老井，不用说早已经废掉了。

　　再说村外的麦田。冬天的时候，肥厚的麦叶的尖被冻得发紫发红，而新发出的叶片依然青翠。我们把小山羊赶进麦田里，就像放牧在草原上。躺在厚厚的麦地上，看蓝色的天和天空上飘着的白色的云，看大雁在远处的麦田上空盘旋，寻找住宿的营地，心里就会想，其中哪一只是在夜里负责站岗放哨的啊？要是初春，下起了小雨，我们也不会躲开麦田，看彩虹从西边飞架，一道或两道，跳起来拍手，大呼小叫。天黑了，赶着羊群回家，羊是可以找得到自己的家门的，咩咩地叫。现在，你绝对看不到这些情景了，麦田还在，大雁彩虹没了，羊也无影无踪了。他们都去哪儿了呢？过去可都是在我们身旁的啊。

村里的那条小街，名叫条子集，青石板铺就的街，逢集日，人碰人脸，肩撞人肩，碰的是熟面孔，撞的是熟人的肩。街上卖的东西，大家比着看谁的货真，谁的价便宜，谁都怕坏了自己的名声，尽可以放心地买，也不会有少斤短两的事发生。到了吃饭时分，一条街都是饭香菜香酒香的味道，吃谁家的东西，人人心里都有数，直接地奔过去了，不会问价的。卖东西的人不用问，就知道奔来的人要的是什么，是兔头还是狗腿，是鸡蛋炒盐豆，还是韭菜炒草虾，或者辣汤包子，绝对不会出现什么差错。一时身上没带够钱的，也照吃不误，打个招呼走人，下个集日定会补上。可现在，赶集的人不知上哪儿去吃，不知道吃些什么才放心。虽然身上装足了银子，可是他们也装足了怀疑和担忧。可吃的东西真是不少，可谁家的可以放心地吃呢？

那个时候，四里八乡赶集的乡亲们，小篮子挎去的或小车

上推来的，都是自家田里产的或自家里养的，是一家人最珍爱的东西，拿到集市上来交换点零用钱，人见了都非常熟悉，感觉和自己家长的一个模样，眉开眼笑，夸着捡着，买了回自己的家。下一个集日，兴许还想去买这个人的，这个人却再也找不着了。他或她的家里，只有这么一点可爱的东西能拿得出手去卖，卖完了就再也没有了。

那时的爱情是含蓄的。在集市上相亲，男女双方远远地看，双方都知道要看的是谁，却也都不知道这人在哪里，待媒人指明时，又都不敢张望了。兴许在以后的某个集日，相中的女孩再见到男孩时，或向他送一双布鞋，或送他一双鞋垫，都是自己亲手缝制的。男孩可以接鞋，是没有胆量敢去碰她的手的。现在可不同了，美容美发按摩店里，几乎都是年轻的女孩在扬起笑脸打理。一开始还有许多人不敢进门，现在连曾经反对进门的人，也会很自然而然地去接受服务了。月光树下的朦胧身影，极少见到了。情歌，也自然是听不见了。少了许多羞涩，也少了许多浪漫和含蓄。爱情，现在勇敢得多了！也直接得多了！

这些被撕碎的记忆里头，包裹着许多美好的情结。回忆并非仅是为了怀旧，也并非是想回到"从前"，只是对丢失的美好的一种思念，一种心存感激。现在也有许多美好的东西在不断出现，但这不足以说明它可以替代失去的美好，甚至，它也无法胶合原有的自然之美、人性之美、内涵之美。那么，那些被撕碎的记忆还能不能原样重现？那些失去的美好，还能不能

12

找拾回来呢？

　　遗憾的是，当我发出这种疑问，我的一位朋友说，你问我，我问谁去？我意识到，许多人再也找不回那一个自己了。那些美好的东西是不是被我们自己的欲望或贪婪撕碎并弄丢了的呢？似乎是有人在想这个问题，却不知道有多少人打算从现在起，改变或解决这个问题。撕碎和丢失的记忆，都已经过去了，要紧的是过好当下的日子。以后的日子，让以后的人再思考去吧。

儿时夏忆

贾 硕

  有人说当下的生活过得不尽人意的人总爱回忆，因为可以挑自己喜欢的事去想。我却不这么认为，我想只要是认真对待生活的人，不仅能把当下的日子活出滋味，偶尔回忆往事也是耐人寻味的。不是留恋过往的点滴，而是因为自己成长积淀后对"那些年"的解读和理解。

  今年的夏天特别的热，比记忆中任何一年的夏天都要热，也许是如今常在空调房，耐热能力差了许多。想起自己孩提的时候，和伙伴们在大太阳下奔跑打闹，停下来时脸涨得通红，汗如下雨一样，止都止不住，但是自己却不觉得难受。今年的夏天家里住进了一个久违的成员，给这样一个酷热的天气，增添了许多的趣味，勾起了人不少的回忆。

  小时候，夏天是假期，是蝉鸣蛙叫，是泳池里的扑腾戏水，小巷里的欢笑打闹，是大木盆里的洗澡水散发着淡淡的花露水味儿，是叫油子（蝈蝈）在竹篓子里吃着毛豆辣椒不停地唱着夏日奏鸣曲。那时，自己最开心的就是暑假，因为大人都要上班，而我就可以有大量的时间呆在奶奶家玩。除了充分享受小皇帝般被宠爱的生活，更是因为奶奶家住得比较偏，那里有小山、小河，很多的小店铺、小巷子，还有很多的小伙伴。相比那种自在玩耍的感觉，我情愿舍弃现在空调下的惬意凉风了。

夏天天亮得早，那会儿不像现在工作了，贪图早上能多睡一时半刻，五点起床其实都不算早了。干嘛去？跟着奶奶到金山公园晨练。那时清晨的公园不收门票，所以有不少老年人喜欢早早地进去，一待便是大半天。去公园的路上绝不无聊，别看天色还早，如今想来可算是一道道的风景线。奶奶家住的"筒子楼"，很多户都聚在一块住，楼底下还有院子。最先和你打招呼的便是倒马桶、刷马桶的声音，好几个妇女站在公共水池旁依次排开，刷子击打木桶的声音，像木屐舞的节奏一样有序好听。楼下的院子成了小菜地和鸡圈鸭窝，一早起来忙活的也是不少。一阵招呼声中，我们便走出了这个"小区"，一路上准备着上街做小买卖的人们开始整装待发了，卖煎饼的、卖菜的、卖豆浆油条的、送报纸送牛奶的，都开始了各自的奔跑，运气好碰上熟悉的卖菜叔叔，得点葱蒜也是常事。记得有一回，一个卖肉的人吆喝着和我们说，刚杀了猪，得了好的猪大肠，给了一段让我们尝尝，至今为止，再也没吃过比它更美味的大肠了。

到了公园，奶奶便开始融入舞剑打拳的行列，我呢，有时也会"假吗假吗"① 地跟着舞弄两下，博取奶奶朋友的夸讲，但大多数时候，我有我自己的"工作"——挖野菜，每次都能收获好多野菜回去。最好吃的是荠菜，但是夏天没有，夏天我要挖的是一种叫做"锅锅丁"和"鸡儿畅"的野菜，如今自己都不晓得到底是什么东西，只知道发音应该是这样的。其实，这些野菜味道并不是特别好，往往偏苦，但是，奶奶总告诉我这些菜明目败毒，多吃有益。开水一烫，麻油一拌确实食欲大增，所以到现在自己都比较喜爱味苦的食物。约莫七八点钟的样子，晨练就差不多结束了，这时奶奶要做的就是买菜，然后在大多情况下都会在家摊葱油饼给我吃，蘸上蒜蓉辣酱，好吃极了，这便是我的早餐。我呢，往往会乘着奶奶做饼的空隙，睡个舒服的回笼觉。

奶奶在家准备一天的吃食，我的欢乐时光就此开始。首先是从早到晚哪个电视台什么时候放什么好看的节目定是了如指掌，《西游记》、《新白娘子传奇》是最爱的片子。但是那时毕竟频道不多，奶奶家的电视也还是黑白的，所以大多时候就是和小朋友一起玩耍了。

一栋楼里总有几个孩子是同龄的可以玩到一块儿，我们在一起玩的项目和城里孩子玩得绝不一样，所以，长大后和不少同龄人聊天时，很多所谓的"乖宝宝"都没体会过我的快乐。拍洋画、打石球、打陀螺、跳皮筋是最基本的娱乐项目。去逮

---

① 方言，装作会的样子。

蛐蛐、蜻蜓、知了、天牛才是最有意思的。

我们也干坏事，偷鸡蛋、偷菜、用自己做的土枪（火柴盒加上钢锯和牛筋制成）追着小狗跑，也是我们这些讨债鬼会干出来的事。但是有的时候，我们也愿意当回乖孩子，比如帮大人做点家务。当时奶奶家楼下住着一个五保户老夫妻，老奶奶半身不遂已躺在家里很多年，据说老夫妻俩生活得相当辛苦。老奶奶喜欢吃糖，我们有时会把省下来的棒棒糖，给老奶奶吃，她很开心，这也便是我们做过的最大的善举了。

我们也爱玩过家家，男孩在一起总是扮变形金刚或武侠人物，玩着玩着就打成一团了。我们也不是总打架，和我奶奶住一层的还有一位老太太家的孙女，她和我一样是住城里的，只要她来了，我们这帮调皮的孩子便变得绅士许多，争着对她好。有她在，我们玩的游戏就变成扮爸爸妈妈了，我们总是抢着和她扮新娘和新郎。大人们也常会拿我们开心，问那个女孩喜欢我们中的哪一个。可我自己知道，我和她的关系是最好的。她只要来了，第一个找的就是我，我也是一样，如果她不在总会觉得很遗憾。每当过完假期，要各自回家的时候，总是最让人不舍和难过的。女孩的模样早就已经记不得了，也没有留下任何的联络方式，只记得女孩小名叫"佳佳"，长得十分的漂亮。那时，我们在一次偶然的聊天中，曾表达过长大以后想成为真正的新郎新娘的意愿。这个童年的"新娘子"，也随着自己的长大，最终消失在岁月的长河里，却留在了自己对童年的记忆中……

有两件事，使我特别期待下午的到来。中午在奶奶装上蚊帐的棕绷床上，吹着微风扇，听着奶奶给我讲有关神啊鬼的、劝人为善好人好报的故事中，美美地睡上个午觉。一觉醒来肚子也该饿了。对了，是吃下午茶的时候了。拿着一块钱，提溜着一个大茶缸，一路小跑地走进用私房改的馄饨铺子，打一缸酱油小馄饨回到家里慢慢享用，有时候爷爷下班早的话会带几个牛肉锅贴，那就完美了。吃完馄饨出了一身汗便是该洗澡的时候。那时乡下的条件哪有淋浴房，一个大木盆就是澡堂，而对我来说就天堂了。放上一盆热水，滴上几滴六神花露水，自己在里面能呆上好一会儿，一下子夏天的热意就全都消除了。现在长大了，当然没机会这样洗澡了，但总喜欢学着以前的样子，在抹席子的水里滴几滴花露水，这样便有了夏天的味道。

吃完晚饭，楼下的院子是最热闹的。基本上分为两大派别，女士们通常喜欢聚在一起跳健身舞，我记得那时候有一种"元极舞"很受欢迎，我那时都会跳呢。还有一派便是搬上凳子看露天电视的人了。我们呢，最开心的便是轮流在邻居大姐姐自己编的吊床上躺着享受，或者就是和家长讹上三毛钱买赤豆冰棒吃，如果幸运，表现好或者大人开心的话，便能得着五毛钱买瓶冰镇汽水喝。当然得站在小店门口喝完，因为玻璃瓶子是不能带走的。

就是这样看似普通却趣味无穷的夏日，伴随着我一直到小学毕业。我长大后唯一一次重游故地时，才感觉房子是那样的破，院子是那样的小。后来奶奶不在了，房子也不在了，但那

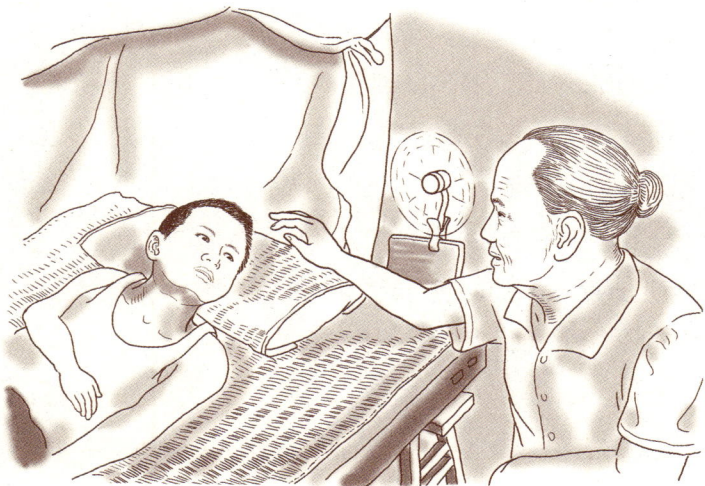

些年的夏天却深深地印在我的脑海里，每每回忆起来都觉得开心与幸福。

如今，我自己也有了孩子，两岁多了。今年无意间在路上看到了卖蝈蝈的贩子，毅然决然买了一只回来给女儿玩，女儿十分有兴趣。这个家里久违的成员也着实给力，成天卖命地叫个不停。有好些个夏天没有这样的感觉了。我们每天在生活，却忘了生活原本的意义，这回的夏天特别有生活感。蝈蝈在入住我们家的一个多月后莫名地不动弹了。我不愿告诉女儿蝈蝈死了，因为我还没有把握能向女儿解释好死亡的含义，也没有信心女儿是否能接受什么叫死亡。所以，我和女儿说，蝈蝈工作了一段时间要放假要休息了，所以以后就不在家里了。女儿理解地点点头。在我提着装蝈蝈的篮子出门的一瞬间，女儿叫住了我，很慎重地说了声："蝈蝈，再见……"

女儿用自己的方式告别今年的夏天，也告别了给她带来快乐的"朋友"，而我也要以这样的方式致那些年在奶奶家度过的夏天。

回家的路

沈红霞

　　如今，每一天要骑四十多分钟的电动车去上班，当夜幕降临的时候，总是不自觉想起从前，从前骑自行车上学的日子。日子那么长，生命那么久，并不是所有的日子都值得回忆。

　　当你想回忆的时候，可能记忆也会模糊，如果没有在记忆深刻的时候，记录下来，或者留下些什么。

　　墙边的迎春花谢了殆尽，换来的是满眼绿意，又一年，时光流转，却回不去。渐渐又是蝉鸣不断，身上的束缚也随着减少。落叶纷飞，旻天孤雁而过，无痕。雪天该是最美，却冷得丝丝入扣，钻骨刺心。

　　小学四年级之前，我都是住在家乡的村子里，从学校走回家不过就三四分钟，如果选择飞奔，大概只要两分钟。那时候，常常是到了校门口，发现脚下还穿着拖鞋，红领巾也落在了家里的沙发上，然后转身飞奔回去，又飞回来。尽管到座位的时候，气喘吁吁，但也不用担心会迟到。

　　大概我健忘的毛病就是发生在那个时候，如今十几年过去了，依然改不了。就像今天，一路上想着很多事情，一路上听着音乐，竟忘了车上还有一杯带回来给妹妹的奶茶，就独自一个人上了楼，到家了，才懊恼不已。

到五年级的时候，一切都变了。

临近几个小学要进行合并整改，我的小学，那个离家只有三四分钟的小学，变成了幼儿园，而我需要到很远很远以外的那个村子上学。这就意味着，我不但不能睡懒觉，更加不能步行去上学，还需要在路上花上很多很多时间回家。

不过，小时候争强好胜，我是几乎不睡懒觉的，总是一副精力旺盛的样子，总是第一个到学校，所以，老师让我掌管了教室的钥匙，我觉得这特别让我骄傲。现在想想，那个时候自己真简单，随随便便一件事就能开心或者自豪很久很久。而那段时间的上学的路程也因此好像不那么太远了。

五年级那一年，现在回想起来，就只能联想到一个词语：伟大。

路程有多少，我都记不得，也从来没有去丈量过，只记得要骑自行车二十几分钟甚至半个小时。那个时候电动车还不普及，那个时候也没有那么多积蓄，那个时候也没有父母在身边，那个时候，只有奶奶和堂妹，还有我自己。奶奶负责照顾我们的饮食起居，我和堂妹就只负责念书，好好念书。我总是想要向谁证明什么一样，总是在班上名列前茅，总是担着班长一职。我不想让谁失望？妈妈？爸爸？奶奶？还是我自己吧。甚至因为骄傲，要有些飞扬跋扈，大概那个年纪的女生，都是

骄傲的吧，我一直这么认为。

为了能第一个到达学校，总是天不亮的时候，就要出发。虽然夏天也会有一段时间是明亮的，但明亮的日子总是让人遗忘。我害怕起床晚了，哪怕差了几分钟，都会很生气，对奶奶生气。现在想想实在没有必要，只是那个时候对自己要求太高。对别人，特别是奶奶太苛刻。我不是个善解人意的人，从来就不是。

冬天的时候，很冷，奶奶摸黑把自行车推出来，防寒措施很简陋。天还麻麻亮，奶奶站在巷口，目送我们远去，渐渐被黑暗吞没。我想，她应该是站了很久很久。

可是，那个时候的我，却不知道。

也是在那一年，耳朵上悄悄长了冻疮，一戴帽子一发热就会痒得让人难受，只是那一年之后，再也没有长过，我依然记得那种感觉。人们总是这样，总是对不好的记忆犹新。

那个时候，也蠢。

中午还回家吃饭，吃完了便要急匆匆地回学校，冒着迟到的风险，却一次也没有在外面吃过饭。那个时候，没有手机，也没有发达的外卖，只有奶奶的味道，日子也过得很好。如今什么都有了，反而天天在发愁该吃什么了。

我们仨就这么相依为命。到现在却渐渐开始害怕，没有爱和熟悉就无所谓分离和团聚，像刺猬一样。

后来，我也会去外婆家，于是，回家的次数就减少了。少年的心思总是变化莫测的。我记得，五年级之前，只是在过年过节的时候，才会去外婆家，那个时候我就不喜欢离开生活久了的地方，尽管外婆家谈不上陌生，但总觉得还是自己家舒服。五年级那一年，却经常去，不知缘由，到现在我都匪夷所思，想不通。估计，那个时候奶奶和堂妹应该很伤心的。堂妹要一个人摸黑来学校，一个人回去，而奶奶也好几天等不回来两个人，我就扔下他们两个。我也真是狠心。

也是在那一年，第一次经历了生离死别。

到现在都记得，我穿着件外套，车刚骑到村口的大桥的时候，妈妈早已经在那边等着。那段时间，妈妈一直没有出去。我就知道，她在这里等我准没有好事。

外婆离开了。

外婆得的是折磨人的病，到最后，妈妈说，她是活活饿死的。因为是食道癌。最后那几天，连话都说不清，更何况是进食。外婆走的时候，已经瘦得不成样子，只看见骨头，似乎风一吹，都能吹散了。

我怀念，外婆的蛋炒饭。跟其他人的都不一样，完整的蛋，葱花炒饭，我忘了，这是什么味道，曾经不以为然，后来才铭记，却发现，时间不等我，她也不等我，它也不等我。于是，我只好在回忆里找。可是我，找不到了。

那天晚上我哭了很久很久……

后来，我又开始懊恼，为什么五年级之前没有多跟外婆相处。

于是，我又踏上了原本回家的路，日复一日。

并不辛苦的。

再后来，奶奶也走了，在家乡。其实这中间的时间是久的，只是我又去更远的地方念书，去更远的地方生活，我开始忘了时间。

总是聚少离多。

时间里不知道珍惜，时间走了，只剩惋惜和回忆。

耕耘一方水田

程征

　　我家有块临水塘的大田，名叫三斗秋。那块田大约宽八人手拉手、长二十来人手拉手。大田收获颇丰，但耕种起来却也是极为吃力的一件事。

　　春种的时候，先要犁田。牛颈上套上轭，人扶着铁犁一步一步往前犁。在我童年的记忆里，父亲会在一个阴天的春日赶牛犁田，四周飘着耐闻的青草香气。头顶还有小鸟欢快鸣叫，低空飞翔。一垄犁下去大约要五六分钟，大块田大约要犁十多垄。牛在中途也要歇一歇，吃吃草，喝点水，人也可以休息一下，一上午勉强能犁完这块田。待到春雨落下，田里积满雨水，再用农具翻一遍田，把泥巴弄平整，便可栽秧。

　　记忆之中，每年四月中旬左右便要栽秧。先把秧苗从秧田里扯出来，用稻草绑成一个个圆柱状。然后把秧苗装进竹篮子里，挑到需要栽种稻子的田埂上，把秧把子打进水田。打秧把子，也需要考虑密度，既不能太稀，也不能太密，需要打到刚好能栽完秧苗。若打得过密，人站在水田里又要到处扔秧把

27

子，会溅起大家一身水。打得过稀，人在水田里到处走，弄到秧田里满是脚印洞，一会儿栽秧时，又要用手扶泥，很是耗费时间。栽秧是一门技术活，需要有经验。①

我不太会栽秧，不行活。但是栽秧的功力体现在两方面，既要快，也要成行列。田里栽秧，也像黑板上写字，一行一行秧苗要上下对齐，一眼看去清爽方正。节气已至初夏，头顶上太阳很大。栽秧的人俯身面向稻田，左手握住大把秧苗，右手的大拇指、食指和中指夹起一株秧苗，往下一按，秧苗便立住了。唐朝有位布袋和尚有诗云："手把青秧插满田，低头便见水中天，心地清净方为道，退步原来是向前。"以前田多的乡亲常常请邻居亲朋一起栽秧。大的水田如三斗秋者，六七人同在一田栽秧，很是热闹。农忙时赶时间，有时一直栽到暮云四合，虫鸣阵阵。秧栽完了，人可以松一口气，但接下来却依旧有许多活儿要忙。

秧苗栽下后，还要防止稻田里长野草。常见的野草如稗子、矮茨菇、四叶萍……这些野草很是恼人，但农人很有智慧，他们发明了专门的农具。秧田里薅草的农具叫做秧耙，一只脚宽窄的木头上钉上五根铁齿，往后一薅，便可将行间的野草除去。除草之外，水也是稻子成长很关键的一步。田里的水不可太多，也不可干渴。若是遇上旱年，田里裂出口子，便要花钱从水塘里打水应急。遇上大雨，田里满是雨水，也要挖出

---

① 方言，指做不快。

28

口子放水。否则雨水打破田埂，更是毁田又毁稻子。

早稻成熟的季节，正是农历七月中旬，那时候田里一片金黄。此时，农人也不能闲着。他们会不时去田里看看稻子的成熟状态，多久可以收割，田里水放干没有……只有田里干燥，才能让割下的稻子充分暴晒，不至于受潮。

收割的季节，酷热难耐，人刚一出门就满身大汗。此时农人头戴一顶草帽，手拿闪光的钢镰，跨步走向外间的田野，脱去便鞋，一下田便俯下身去，快速割谷。一棵棵稻子被割倒，撑在谷桩之上，横成一排排。几天后，晒好的稻谷被捆扎成圆柱状，用挑担挑到打谷场。一捆捆的稻子，迅速被码成一个小山。待到所有的谷子都收割完毕，再用石碾子碾落谷子，一块田的收成才算到家。

打完谷子，农院里满是蛇皮袋子装的谷子，低头一看，每一个袋子里都是一片金黄。拉到街上的店里卡好米，便能看见白白的大米。此时，农人蒸上香喷喷的米饭，逢人便夸自家吃上新米了。那些朴素的脸上，满是收获的喜悦和满足。

想起那香喷喷的米饭，我仿佛听见了田野里的那片赶牛声，"嗨……"牛儿往前走，田里水声阵阵，天地间一片欢腾。

家在徽州

江宏卫

　　徽州人称古城南门外广大区域为南乡。南乡皆山，新安江划山而过。沿新安江的被称为水南，其他地方则是旱南。山里有许多 U 型或 V 型山凹，山凹有各种小溪小河。南乡人称这种山凹为源或川，源或川里又有小源小川。我的老家便是这样一个小源里的自然村落。

　　老家村名丰坑，在旱南岔口大源里的丰坑小源。岔口大源是 Y 型，老家小源在 Y 直干中间处。南乡人把山凹里的溪或沟叫坑，村名因溪而得。南乡村庄要么在山凹的山脚，要么在山腰，也有在山顶的。村庄一般依水源而兴，即使在山顶也是离水源不远且有大块平整地。人类逐水草而居，自古已然，这也是地理影响论的主要事实论据吧。

　　丰坑的先民多为外来避乱或逃难迁入。刚开始是迁居某源有水的平整地块，之后繁衍生息，逐步扩散到整个源乃至其他地方。老家丰坑就是典型。几百人的村子只一姓，村里人略翻几辈就能连出祖上的叔伯兄弟关系。村子建在半山坡地，房屋顺着从山顶流到山脚的三路小溪叠起。大概当初先民选址定居时人少，对平整地块的要求并不是特别高，更可能当初就没什么好地，只能将就在这里。后来随着人口繁衍，家族扩大，先民便围着初定点慢慢扩散开去。以前彼此是一家人，生活劳作又互相依赖，因此建房都是围着祖宅扩散开去。也有的人家离祖宅不远的地方有块大平整地，刚好也有水源，便辟建新宅，时间一长便成了另一个小家族小村落。这在南乡很普遍。

村子所在山凹是坐东朝西的U型，坐落在坐北朝南的向阳坡。源里溪水由北东南三面往西汇成大溪丰坑，丰坑溪在山凹口汇入岔口大源汇流的洽河。入村的路便从西而来，逆水而上。从源口到村庄3里山路步行约半小时。上行最急处有百五十级石阶，齐整平滑。看样子是砌修没几十年。平常人走过，总说这石阶是村子一大特色，方圆几十里地似乎只这里有。但很奇怪，一直不见有人询其出处，谁人造，谁人出钱，石从哪来？石阶路虽好走，但坡陡且长，行走着实吃力。好在到顶就有歇亭。过了歇亭，行程大半，村口在望了。

村口有大枫树正居路中，干粗枝繁，两三个人拉手才能合抱。枫树在村子下山处还有十几棵，都是几人合抱有年头的大树古树，树大枝多，蔚为壮观。视野上为村子添了绿，挡了下行坠感，功用上为村子挡着下山风，风水上也仿佛为村子守了财气旺气。树上常年有各种鸟栖闹，特别是喜鹊，声大窝大，盛况壮景。由于树龄太长，许多枝桠枯死，树干也有空心。不知如今安在否？下次回去得仔细瞧瞧。

过了村口大枫树，村子便尽收眼底。村子依山势展开。村中心地较平整，其他都是依山而起。基本上是建完一排，向后山再续一排。先民依山势砌石为坝，再在其上填土，得点小平地。有些实在太陡，建石墙耗工太甚的，便依山势立了木柱支架，再在其上建房，类似恒山悬空寺那样。山民们充分借用原有山势加以发挥，充分利用资源。从外面看去，村子像长在山坡，浑然天成。

村里最好的地段当然是祠堂。祠堂地块开阔平整，不远处有小溪，沿溪排着人家。记得小时候祠堂尚完好，曾被作为小学使用，我在里面读了一年级。祠堂大概三进，进门前厅，往里是天井，再后是正厅。正厅为祭祀和议事所在。站在正厅抬眼向上，排排供着祖先牌位。整个建筑刚好是厅在平地，祭坛依山而起。祭坛两边有台阶，可到后门，是消防或安全通道？读书时，教室便在前后厅里，各年级混杂一起，老师也混杂着教。也就两个代课老师，先教一会儿高年级，再教会儿低年级，或者这边上课，那边有人闹就过去弹压一下。来来回回，一天便就过去。当时也小，正值"文革"初过，学到啥是不清楚，只记得大概有这么回事。

现代社会大宗族变小家庭，原先的宗族家族共有财产成了产权分散的公地公物，各种挪借便时常发生。不久祠堂坍塌，只留下地基供周边村民打晒。后来返家路过，看到原来祭祀行礼的地方有个大水池，水自后面靠山直接流溢而出，我猜最初定有防火作用。周边村民在这里担水、淘米、净菜、洗衣，最是繁华之地。这里又是进村过村必经之地，也就成了村民忙闲集聚的交流场所。

祠堂前有全村最大的晒场。小时候看露天电影便在这里，也作小学操场用。晒场往下，地形陡然变峭，只能由着自然了。附近是连片的南方杂木树林，除大枫树外，还有胡铁木和香樟，也有松柏，多合抱大树。由于既算景观林更是风水林，自古便不许砍柴伐木，因此这树林一直茂密常青，成为各种鸟、松鼠的乐园。小学时中午时长，有时下午放学也早，便经常爬树，大部分时候是纯粹爬着玩。克服艰难爬上大树，加上居高临下视野开阔，成就感满满。有时也掏掏鸟窝。黄鹂鸟叫声好听，我更喜欢它颜色黄艳，便一直追着鸟声寻鸟窝，却从未得手。倒是基本会飞的鸽子掏回一只。结果它不吃不喝，硬生生把自己饿死了。罪过罪过。后来外出读书放假回家，曾多次特意去找黄鹂，歌声不闻鸟影不见。大概环境变迁后另居他地了吧。十多年没回去了，也不知现在树林是什么样，黄鹂是否回去，松鼠大概更多了吧？

村庄周围的山地因为路近又是阳坡地，自是村里最好的耕作地块，一般作自留地菜园地。中国人讲究死者为大，这好地当然少不了祖先。到后来村子东西南北好点的地块基本都被逝

34

者占去。好在国人实用至上，自有一套解法，略有点年头的地便被重新改为农地。过年过节祭祖，三代以上的家族有时就大概指着方位和地段对着农地房舍行礼了。礼数到了，祖宗不会怪罪的，他们也不会被饿着的，对吧？这样也好，与祖宗交流就很方便了。

村庄正对南山阴面和陡且瘦的东山西面。阴山瘦山不适合种庄稼，因此一直是草木自然。前山曾在"文革"全民武装练兵时挖了很深的壕沟作射击练习场。后来大练兵结束，填土回补，不久草长树高，压根儿看不出深挖痕迹。"大跃进"和"文革"时，学大寨，抓生产，垦出几片茶地。似乎投入太大，产出不行，茶地自然而然荒废，任由山林回侵。前山的树木柴草一直长不大，概因以前各种烧饭制茶皆需柴木，村民砍伐频繁，以至某年村里某位在外二十多年回村的达人刚寒暄完"乡民易老"就来了句感叹：这前山的树跟我走时一样小啊。听说现在没人烧柴，加上青壮年外出打工，村里只剩老人小孩，别说树，连路都被草木侵盖了。

山民艰辛，邻里来往甚至在自家房子周围走动都要上坡下坡，很是吃劲。走个亲戚更要鼓足勇气。走到山脚半小时，再沿河走半小时、一小时，抬头看亲戚家还在山顶。回程望向远方层山里的自家村庄方向，怯意顿起，脚底发软。至于做农活，更是一动身就是爬坡，一有作物就得上肩膀，或扛或挑或背。辛苦不必说，那种不方便、那种严重受制于自然的无力感十分磨人。小时候到前山山顶干活，一回头整个村庄人言狗吠尽收眼底。忙前忙后的人们像小蚂蚁，零零落落，孤独而渺小。

正因种种不便，加上乡村历来偏隅，社会生产力低下，人的活动世界便狭小单一，只局限在村庄及周边小范围。一村人彼此熟得不行。村子人口最多时约有小一千。连我这种宅男也知道全村人名姓、关系、掌故，甚至周边村庄也基本熟悉。这也算传统社会局部社会关系深耕的独特性吧。以前人们进城，刚开始不适应，总怪城里没人情没邻里，缘起就在这种乡村小社会的狭小集聚吧。

家在南乡，生活卅年。如今离开多年。家乡村庄像那远山，没在峰浪里，朦胧。回去也是过客。只是经常回望心底，找寻那曾经……

山茶油

余远来

　　浏阳多丘陵，植被茂密，遍植油茶。山茶油色清味香，轻脂低酸，健康舒爽，是浏阳人最为钟爱的烹调佳品。

　　寒露过后，便可见山上山下一片繁忙景象。上山采摘茶籽颇为辛苦，披荆斩棘，爬高爬低的，还要挎上一个背篓，愈摘愈沉，一天下来肩膀被勒得生疼。有的茶树蹿得极高，还得一人用竹钩把枝慢慢钩下来，另一人协助采摘；有的茶树临水而生，向水的一面结籽丰硕，却又不便采摘，这时就要运用水陆两栖战法，上攻下跳的，好不热闹；有的茶树招来一窝土蜂，还得先想办法驱赶这些不速之客，煞是劳神费力。且不说农历九月的天气早晚温差极大，早上的露水冻彻骨髓，中午的阳光晒得头晕，黑天时的山路影影绰绰，采摘时，有时山上还会有偷吃红薯的野猪蹿出来，煞是唬人，或是有蛇从脚背上冰冰凉地溜过，惊得人毛发直竖。当然还有抗战时留下的战壕，被灌木丛掩盖后成了难以发现的陷阱，有失足跌落之险。再加上油茶树的树干极滑，种种险情都有可能发生。我有一次就从茶树

上一滑，连人带背篓一起摔落下来，所幸不是头先着地，侥幸脱险。

小时候，学校要放捡茶籽假，规定每人回校后要交 10 斤以上的茶籽。于是，我便约上一两个同学，翻山越岭地去别人已经采摘过的山上捡漏。那时我的眼睛就像搜索雷达，一棵树一棵树地找，多半是在树梢不便于采摘的位置会有一两个，我们便想尽办法，登上高枝、舒展猿臂、攀枝援枝，直到收入囊中，然后心满意足地抹一抹脸上的一层茶树尘，继续下一棵树的搜索。晚上回到家里，一抠鼻孔，像是出煤窑一般，挖出黑黑的一大团鼻屎。洗澡时，身上很容易就搓出一大块一大块的茶树污泥，胳膊上还有被山间茅草拉出来的一道道血痕，被水一淋生疼。这些当时的苦，在记忆中总是特别深。人生还是需要多一点吃苦的经历的，这样回忆起来才有更多的料，更加厚实丰富、延宕婉转。

采摘完茶籽便要趁着好的日头赶紧翻晒，直到茶籽壳爆裂，再用袋子装回家里。等到冬闲的时候，全家人便围坐起来分拣茶籽，双手翻飞，直到把外壳全部挑尽，只剩下黑油油的茶籽。这些现在回忆起来十分温馨的场景，在当时看来却是何等的辛苦和繁琐。

茶籽分拣好了后，便要约好村里的油坊，准备去榨油了。村里的油坊是土榨，临溪而建，水力驱动。一到开榨后便香满全村，闻着特别舒服。我喜欢跑去看榨油，先是把各住户送来的茶籽在一个大的土灶上烘焙，然后用水力驱动的大碾子将其慢慢碾碎，趁热将其用铁箍箍成茶饼，最后再上到土榨进行压榨，这时我们就可以看到茶饼中的茶油牵线一般地滴落到下边的油槽中了，而那茶油的香味也被压榨得喷薄而出，四处漫溢。

榨油是一个技术活，村里的榨油师傅技艺都是祖传的。不懂行的人榨油，出油率极低。技术精湛的师傅榨油，能够保证10斤籽榨1斤油。这里还有一个概念得说明一下，从山上采来的生茶籽，晒干拣尽后，皮薄籽实的"珍珠籽"100斤能晒出30斤籽，皮厚个大的"大板球"也就能晒个20斤籽，真正到最后榨油也就不到3斤。由此可见，茶油的珍贵不仅是由于其品质高，其背后的付出也是极大的。

新茶油出来后，那是全家最开心的日子，用新茶油做出来的菜，那味道就是不一般，特别鲜香。妈妈去庙里还愿，也是带着新茶油去的，茶油捻上灯芯就能着，没有半点油烟，光也特别柔和，显得格外圣洁。还有，小时候打蛔虫，就是在农历月初，蒸上一碗新茶油，拌在米饭吃了，就能够打下蛔虫来。若是不小心摔到哪里，有肿块或淤青，只要涂上一点茶油，用手揉一揉很快就好了，就不会留疤痕。

茶油还具有多种美容功效。一直吃茶油长大的孩子，头发和眼珠子都较一般人要黑，黑得透亮，黑得澄澈，班里有几个同学，家里山多，榨油也多，长年吃茶油，他们的头发、皮肤、气色，当然还有眼珠子，都比我们漂亮。坐月子的妇女吃茶油，身材恢复极快，且不会长妊娠纹。茶油的诸多好处，都是在村里口口相传、津津乐道的。不过现在回乡，年轻的一辈早不知道这些了，他们热衷的不是这种土榨品，而是那些洋品牌，有时我也不免为此有些感伤。但时代就是这样飞驰而来，那种历经艰辛、颇费周折的慢节奏的东西，还能被人们钟爱多久呢？只怕到时连怀想的记忆也都要随之而逝。

茶油做菜，尤其是做荤腥，那是绝对的上品，毫无腥膻之味，只添清香之美。别的印象不太深刻，有一次，爸爸在抽水的沟渠里逮到两条大草鱼，我乐颠儿乐颠儿地跟在后面，洗净剖好后，我在灶台里烧着火，锅一热，爸爸把茶油倒上，等油热了后，把鱼往锅里一放，稍稍过油后，便加入清水、紫苏、生姜，细火慢炖，放少许盐，出锅时再洒上一点香菜，不加其他任何调料，汤是奶白色的，味道格外鲜美，至今还在我的味蕾上缠绕着。如今在饭店吃饭，常常感觉味道很是一般，其实厨师应该是不错的，只是用的油太一般了。我或许是让茶油把胃口弄得过于高大上了，把我的嘴也弄刁了，人间的烟火毕竟难抵那仙界一般的好油呀。

《随之居饮食谱》记载："茶油烹调肴馔，日用皆宜，蒸熟食之，泽发生光，诸油惟此最为轻清，故诸病不忌。"对自小吃惯了茶油的我来说，本不以为然，但后来查了下资料，才发现茶油是真的好东西，油酸含量低，不含胆固醇、黄曲霉素，对人体心脑血管、消化、生殖、神经内分泌、免疫系统都有很好的促进作用，对高血压、肥胖症等有明显改善作用，等等，不一而足。在我心里，茶油所具备的品质或者说是功效远不止这些，它已经是慰藉我思乡之情、熨贴我馋嘴之苦、温暖我记忆之乡的一种载体。生于斯，长于斯，歌于斯，这就是乡土，蛰伏在记忆中亘古绵长的味道。

对于离乡的游子来说，山茶油就是浏阳人共同的乡愁和久久的念想。那股清香如泉润心田，分明是汩汩流淌，却又无迹可寻，分明是嘴馋垂涎，却又不敢奢求。毕竟在注重健康的今天，山茶油愈发显得珍贵，市面上难以直接买到正宗的土榨茶油了。父亲每年都要跑到土榨上求人家买上十几斤，给我留一些。岳父岳母六十多岁了，每年还是要到山上收茶籽，他们自己吃不了多少，都分给我们这些小孩了。而今又值收茶籽的季节，岳父岳母还在山上忙碌着，他们心底想的不是辛劳，而是今年又能为每个子女分多少茶油，这是他们的幸福观，是我们心底最温柔的重荷。

过不了多久，家乡的土榨又该热闹起来、喷香起来了。那缕缕山茶油香，沁润着我离家二十多年的旅程，一年又一年，从未稍离，既是口腹之欲，也是记忆回甘，美美的，带着乡村风情，带着少时岁月，带着永难释怀的一片深情。

土庙

卫鑫

叫它土庙，但它并不是土做的，应该是砖木结构的建筑。具体年代已经难以考证，然而之前香火却似乎从来没有断过，村里的几个老人守在庙里，有的病了，有的死了，渐渐地就没有人守庙了，庙里也没有人了。一把三环锁，锁得挺结实的，往里面瞅了一眼，蜘蛛网结得一层又一层的，神像的脸上都是灰尘，房顶的砖瓦被年前的冰雹打了好几个洞，黑漆漆的庙里，有几束亮光射在庙里，映在泥胎神像的脸上。似乎神像的神采也没有以前那么意气风发了，估计神像也老了吧。

正月二十三，被村里人定为"老君散丹日"，今年这个日子，土庙再也不像往日那般热闹了。记得很小的时候，一到这个节日，全村的人都会来祈福，祈求这庙里的神仙能保全家平安，举行各种祭奠神灵的庆典，有唱戏的，有杂耍的，有捏糖人的，有卖冰糖葫芦的，好不热闹。然而现在，青年们在年过完之后就去南方打工了，村里剩下的人，老的老，少的少，也没有什么心思操办庆典来纪念这庙里的人了。

年轻人渐渐变得好似不怕神了，年轻人嘛，读书多点，孔老爷子不言鬼神，谁还惧怕这个呢？人赌咒的时候，就喊我撒谎天雷劈了我，然而终究是撒谎了，天雷也没有如约而至，渐渐的，人们就不怕神了。然而年轻人也不是没有不拜神的时候，某家的孩子高考了，某家的孩子找不着媳妇儿了，还是得去拜拜，图个心理安慰。土庙在村里就像是亚特兰蒂斯城里的波塞冬神庙，然而其受尊重的程度，远比不上那个喜欢使三叉戟的暴力狂。土庙里面到底供着什么神仙，我也不认识。以前每次回家，都要去看看，在门口台阶坐会儿，坐了好久也看不见一个人影，后来就不去了。

最近听说村里的一个人在外面赚了一大笔钱，回村第一件事就是翻新那座土庙，还要把神像换成紫铜鎏金的，村干部一点也不情愿，嘀咕着费那心思干嘛，有那些钱还不如分给村里人呢。村里的老人们倒是很开心，像是晚辈给自己买了件新衣服一样，乐得合不拢嘴。老人们在树下闲聊的时候，经常会说这庙多么灵验，谁家的孩子找不到媳妇儿，拜了两次就有媳妇儿了，谁家的媳妇儿不会生，拜了两次就有了。土庙过去承担了太多送子观音和月老的责任，老人们将整个村庄的繁衍归功于这座土庙的庇护。越来越多的年轻人涌入城市，土庙随着老人们的离去，那些记忆也随之埋藏在土里。即便是换了紫铜鎏金的神像，也没什么意义了。

我相信，在不久的将来，涌入大城市的青年们会逐渐发现自己在寻找归属感，会发现无论城里有多么灯红酒绿，内心深

44

处那座在风雨中飘摇的土庙，依然承载着他们最原始的记忆，无论是在土庙门口随同大人一起烧香的记忆，还是在土庙的门外捉迷藏的记忆，都永远在睡梦中重现。也许在不久的将来，年轻人会回来，打扫内厅、擦拭香案、沐浴焚香。土庙——这座庇佑村庄上千年的灵物，就像一道符咒，印在每个人的心里，或许这就是乡愁吧。

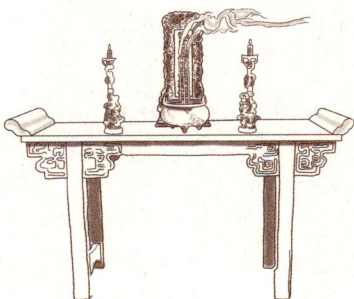

记忆存留的味道 — 红龟糕

朱晓勤

　　从小到大，一谈起过年过节必须要有的食物，我总是第一个想起它——红龟糕。我们本地话叫"俺姑"，就是"红龟"。红龟属于传统的福鼎小吃，流行于闽南和对岸台湾，是节庆喜事必备的包馅果品和独特小吃。每次过节，我家都会做这个，我喜欢吃甜的，我姐和其他人喜欢吃咸的，每次都做好多，但是并不用担心它会放坏，我们总是会把它做完就蒸熟，冷却后放冰箱，等下次想吃就拿出来或蒸或煎，味道不变，吃起来更有感觉。

　　我在上大学之前，一直把吃红龟糕当成一种习惯，就像北方人过年过节吃饺子一样，红龟糕就是我们过年过节的食物。这东西本钱不贵，又耐放，又讨喜，红龟的印子还富有吉祥寓意。所以它才能成为福建的习俗，福建的代表。

　　以前我经常吃红龟糕，还会埋怨，怎么又吃啊，都吃腻了。当时妈妈告诉我，等过几个月，高考结束后，上大学，到时候想吃都没有了。我当时不以为意，不就是个红龟糕嘛，吃那么多年，现在不就一学期吃不了，待放假回家不就可以吃了啊。而现在隔家万里，越发想念这个味道了。

　　或许你不离开家，就不知道家有多温馨。或许你不离开养你的这一方土地，就不知道这里是多么多么令人留恋。或许你不离开你所习以为常的味道，就不知道它深刻在你的心底。而红龟糕，就是我在湖北上学想家时，心里温存的味道。

　　我在宿舍，每次和舍友聊天，一说到自己的家乡、习俗、风景、美食，神奇般地不加思索，侃侃而谈。有时候谈到中午吃啥、晚上吃啥的时候，就会十分想吃红龟糕，特别是奶奶做的。再或者谈到去哪里玩，就十分想念家旁边的那一片海……而学校所在的城市是一个内陆城市，那是没有海的。这是令我十分难受的事，这意味着在校三年里，除六次回家，我就再也见不到那抹蔚蓝。而且每年开学时间，都在元宵之前，很可惜，不能在家待到过元宵。元宵节才是我们家乡更注重的节日。舞龙，抬神，全村的人都出动了。大人拉着小孩，老老小小，还有情侣都会跟着队伍，在小城的一定范围路线游行。每到之处，都会是鞭炮、烟火的交响曲，那是通宵的盛宴。可惜，上大学的这几年，元宵节前，我只能选择离开。

　　每次离开，看着奶奶担心的眼神，爷爷的关心语句，看着爸妈、姐姐，我心里的留恋越发浓厚了，带着妈妈给我包好的红龟糕，我坐上车离开，火车每次经过的风景，都是不断在拉开和家里的距离。

　　我喜欢我们福建东山这个小岛，更加喜欢养育我们的蔚蓝大海。这里没有大都市的喧嚣，没有大都市的快节奏，没有大都市的污染，有的只是大海的宽容、民族的风情和清新的空气。而大海和红龟糕，我在学校发呆的时候，或者忙碌时，突然闲暇时，都会在不经意间出现在脑海。以前那些思乡的诗句，突然也感同身受。是啊，只有离开过，你才会珍惜，有些念想，发生在离开以后。

每晚夜深人静后，闭上眼睛，偶尔会梦到那片蔚蓝的大海，那是我的家，桌上还摆着奶奶做的红龟糕，红红的，刚冒着热气出锅蒸好的，当然，饭桌上还有家人对我招手呼唤。梦很真实，和我喜欢吃的甜豆馅红龟糕一样香甜美好。

故乡的端午

梅朵

　　在故乡，小麦开始扬花的时节，人们便开始盼望端午了。每每此时，总有一种鸟儿的鸣唱，辽远清越，然而却从来看不到鸟的影子。有人说鸟儿唱的是"割麦插禾"，预示着农忙要开始了，也有的说是"五月端午"，我宁愿相信是后者。因为鸟儿的歌声如此清澈。曾经一次次仰望蓝天，试图目睹这神奇的歌者，然而，辽远幽深的天幕只有无边的蓝，要融化了一样的蓝，蓝得让人沉醉，蓝得连云影也没有，但即使眼目穷尽天宇，依然找不到这清越的歌者。

　　经不着悠悠南风的吹拂，几场微雨、几次暖风过后，扬花的小麦稍开始泛黄，田埂上的艾草也差不多半人高，于是端午真的一步步近了。当故乡收割完小麦，当柔嫩的柳丝在风中旋舞，当豆、禾等秋粮种下地，端午真的来了。这是紧张收麦后的难得的闲暇时光，田野中的豆、禾还没有萌芽，不需要除草劳碌，园子里大蒜、青葱却早已成熟，鸡笼鸭舍里的蛋也早已盈篮，更有勤劳的主妇早早地将这些早春就开始丰盈起来的鸡

49

蛋鸭蛋腌渍起来，如今恰是鸭蛋流油、鸡蛋正好、果蔬葳蕤、艾草飘香的时节。

端午，在初夏的风里缓缓走来，此时树头的蝉声还没有响起，风细细软软，没有燥热、没有酷暑，清晨与黄昏是无边的凉沁，杂着蓬勃生长的草木清香，时令蔬菜苋菜啊、黄瓜啊却已经长满了地头、挂上了枝头，一个美好、丰收的初夏时节。

在距离端午还有一段时间的时候，父亲小小的中药铺子就开始忙碌起来了。父亲常选了香附、细辛、桂枝、枝子等药材放在碾槽中（一种中药房特有的工具，只是不知道现在流落到了何处）细细碾压，然后过小面箩，筛出细散的、馨香的粉儿。端午节前小小药铺子里终日挤满来挑香料的人儿。出嫁的做了母亲的女子拿香料给孩子做成香包，在端午那天挂在孩子脖子上，那些待字闺中的手巧、心细的姑娘则绣出各种图案的香囊，配上香料，在端午这日赠予心上人。这些香囊中包着的是沾了香料的棉花，然后再用绣了花的布包起来，摸起来绵软柔和，嗅上去馨香无比。这美丽的香包一般要放在枕边或者衣橱里，氤氲的香味中既有母亲深深的爱也有少女静静的思念。

父亲除了备香料，另一件工作是配雄黄，记忆中是黄黄红红的一大块（后来才知道其实这是四硫化四砷，有毒的），父亲常常一点点地研磨，包成一个个小纸包，农家便来拿了去，泡上酒，在端午这天涂在孩子的脚踝、手腕上，也洒在房子的四周，家人还要喝一点点雄黄酒，说是可以有效驱蛇。

主妇们和孩子们的另一项工作是编五彩线。这些线一般系在孩子手腕、脚踝甚至脖子上，也用来挂香囊，据说可以辟邪、防蛇、防虫。并不是每一个农家都有五彩丝线，大部分五彩线是晕染的棉线。于是，树叶儿的青绿色，花瓣儿的红、黄、橙、紫色，孩子墨水染出的黑色以及棉线天然的白，配出来也是美丽的五彩线，挂在颈间、手腕、脚踝处，于端午的早晨，伴着香囊的馨香，和着微微的夏风，孩子们在艾叶清香中疯跑。那些花儿、叶儿染过的线从不褪色（只是黑线最容易掉色，于是有时候常常不用黑色），在孩子脚踝、手腕上明艳着，常常一挂就是几个月。

在故乡，糯米是稀缺的，因此粽子不常见，但却有各色其他端午食品：煮好的鸭蛋、鸡蛋、大蒜骨朵以及艾汁和面粉做成的青团，我个人对这些吃的没有太多记忆，唯独深深记得五彩线以及雄黄酒。

端午这一天大人们是闲适的，大树下、水井旁常常站着或坐着一堆堆的大人，他们或下棋、或玩笑，间或喝一两口小酒（不是雄黄酒，在家乡雄黄酒只是端午早晨每人象征性地呷一点，其余的要洒在墙角以及屋檐下），小孩子则是满村地疯跑炫耀着自己的香囊，那些香囊千姿百态，有的像公鸡，有的如小鸟……点缀着穗子、花朵等，尤其是那些有着巧手姐姐或者妈妈的孩子，其香囊之美让很多人艳羡。我没有姐姐，母亲也不善女红，但好在母亲常替村上几个姑娘写情书，因此每年端午我都会有好几个式样不同的香囊，在同伴中着实能炫耀一番。

日子如风一样，渐渐地，端午远了，手上的五彩线也旧了，香囊也逐渐地没有了香味，于是家人便会剪下这些五彩线，传说这些线会变成五彩蛇，一定要放到水边，最好是河边的草丛里，以便这些蛇们能够健康成长。于是常有小孩子捧着剪下的丝线恭恭敬敬地送到河边，埋在泥中。听老人讲，之所以挂五彩线，也是为了让蛇们知道这些孩子手腕、脚踝上已有蛇光顾，其他蛇类不要再来，保护小孩不被蛇咬。

　　后来我在各地求学，距离故乡越来越远，也看过不同地区的龙舟，吃过各色粽子，尝过川地有名的青团（完全不同于我家乡，是用糯米粉、艾汁以及肉末做成，糯而香），品过楚地、巴蜀、金陵、维扬等地的端午味，但最怀念的依然是故乡那花儿、叶儿染成的五彩线，那中药铺子里弥漫的端午香，而那辽远天幕中从没有谋面的鸟儿的歌声则响彻我所有梦境，还有故乡那如洗的、幽深的、碧蓝的天幕，和着歌声、鸟语和端午香一起铭刻在记忆深处。

扫二维码，聆听本篇精彩片段配音朗诵（11´11˝—15´08˝）

四川人眼中的四川

蒋年平

　　天下雨了。雨滴在梧桐树上沙沙地响，地上的水汇成小流，向地漏奔去。惨惨的雨雾把天空压到头顶，使阿美怀念起了家乡。

　　这时的家乡，应该是炸雷和闪电的舞台。它们紧锣密鼓地表演摇滚，把紧紧锁住山庄的乌云划得七零八落。劲风向伏地的稻苗扫荡，吹走天地间最后一丝闷热。豆大的雨滴，混合着万物生长成熟的气味，击打出满满的尘土。转眼，水开始倾泻，瞬间湿透大地，如高尔基的海燕，搏斗得痛快而热烈。而这里的夏天没有那份酣畅淋漓，只有缠绵的梅雨和躁动的灵魂。

　　虽然这里也是水乡，有家乡的影子，给了阿美莫名的熟悉感和归属感，可以想起"菱歌意闲闲"的风景，却终究是"莲塘西风吹香散，一宵客梦如水寒"。

　　人在他乡，一梦千里。人在家乡，如鱼入水，如鸟归林。

　　阿美很小就离开了家乡。离开家乡之前，阿美去过最远的地方是40公里外的亲戚家，游览过的最有名的景点是一个没

53

有名字的山洞，坐过的最高级的车是一辆大巴。可是，这又有什么关系呢？邻街的麻辣烫味道依然巴适，校门外的串串香、烧烤摊依然馋得你流哈喇子，面对一桌的珍馐也不忘记屋角的泡菜坛子，围着热气腾腾的火锅写出热辣辣的诗，挑着晃悠悠的担子喊出悠长长的号子。闲了，茶馆里点壶茶便过了一天。兴起时，麻将档里也可以通宵达旦。又或背上那精巧的背篓，到山坡上寻野果挖野菜去。腻烦了平淡的日子，便卷起行李浪迹在各地的城市，洒下一年的汗水，在除夕夜归去——只要泡菜和辣椒还在，日子就会有滋有味地荡漾开去——安居一隅，怡然自得，家乡人是乐天又知足的。

你看，在秦岭和大巴山的怀抱里，起伏的山陵将偌大的版图分割成一块一块，有的是一个镇，有的是一个乡，更多的是一个组或者一个村。最为平整的成都平原，附近也是丘陵起伏，重庆更是被称之为山城。由于人多地少，地形呈丘陵状，贫瘠的土地养活不了代代繁衍的人们，无数巴蜀子民不再满足于温饱，背着行囊，穿梭在祖国的大江南北，谋生养家。于是人口大省，也是劳务输出大省。春节前，川人带着车子票子，像三文鱼一样从四面八方穿过秦岭回到四川，留下一票难求的特色春运和空前繁荣的劳务经济现象。盖房热、婚嫁热纷至沓来。

见面了，发根烟，寒暄的话题不外乎在哪里务工，来年又准备去哪里。儿时的玩伴，隔墙的邻居，见面的机会也不多，眼界宽了，不再为那鸡毛蒜皮的事儿打肚皮官司，都是一片和气热闹景象。他们带回了秦岭外的繁华，也把乡音乡情四处播撒。

说起四川人，许多人反应是很会吃。的确，曾经的巴蜀之地，远离了战乱纷争，是世外一片桃源，是物资供应基地，曾是富庶的代名词，曾创造出惊艳世界的巴蜀文明。随江蜿蜒的紫色土，生产出丰富的谷物，种出的水果蔬菜，都泛着特殊的香味。在广袤的农村，房前屋后，几乎家家有竹，有四时果蔬。春天的樱桃夏天的杏儿，金灿灿的枇杷黄澄澄的梨，还有那隆冬时节如灯笼般照亮山野的柑橘。独具特色的麻辣烫、串串香、火锅，精心制作的熏肉、泡菜、美酒，把川人的嘴都养刁了。见面寒暄，离不开"午饭做好了吗?""吃过了吗?""做什么好吃的"之类。逢年过节，更是花尽心思做各种吃的。记得春节带爱人回四川老家，每天早上 7 点多起床，准备早饭——米饭和菜肴，中午 11 点多准备午饭——米饭和丰盛的菜肴，晚上 6 点左右又开始准备晚餐——米饭和更丰盛的菜肴。由于许多食材都是现做现取，爱人感叹——你们每天好像都在忙着做吃的。

四川人好吃爱吃，也吃得讲究。比如熏肉要三进三出，然后再经柏树枝、橙皮烟熏四五天，方制作完成。这样做出的熏肉，肉色红亮，香味醇正，不是市面上流水线制作的成品能比的。四川人不喜欢批量生产——精细制作才能体味得了美味。

就是简单一碗择面，也调制得五味俱全，百吃不厌。穿可以俭省些，吃却是马虎不得。一直作为战争大后方存在的四川，把民以食为天演绎得尽善尽美。

四川人是不怕吃苦的。最早一批务工者，源于80年代的一批冒险家。他们的足迹遍布沿海的电子厂、服装厂以及建筑工地，从事手工作业或体力劳动——按件计酬，要想多挣钱，就得干得快干得好。偶尔有开饭店做餐饮的，也是当地人心目中的苦活累活——是的，每个苦行当里，都能找到四川人的影子。如今，早期务工的子弟，已经成长为厂里的小管理人员，有的甚至自己开起了厂房。一批批川娃子川妹子，把火热的青春献给了务工的城市，把郫县豆瓣、麻辣烫和火锅带到了务工的城市，也把"吃得苦中苦，方为人上人"的古训践行到了务工的城市。

而四川人的感情，也像盆地的阳光雨，酣畅热烈。滴水之恩，涌泉相报。哥老会、袍哥，曾经在这里扎根繁衍。绝大部分川人的血液中流淌着的，是一份侠肝义胆的浩然正气。抗战时期，川兵出川作战，被抹黑排挤，化作散兵游勇，绝大部分却仍然坚持牺牲在战场上——天下兴亡，匹夫有责，就像来自四川的陈毅那句诗一样，"此头须向国门悬"。个子不高的四川人，从不吝惜他舍生取义的万丈豪情：无论是兄弟情义，还是民族大义，一个"义"字，足以让川人用一切去诠释，包括生命——层层山峦挡住了寒流热风，却挡不住川人的义薄云天。

阿美离开家乡已经十一年了，有关家乡的人和事，细节越来越模糊，川人的形象却越来越清晰。如今，川人散落在祖国各地，阿美相信，他们依然是勤劳乐观仗义的，他们终会有自己的一片天空。

四町福地

李晓冬

我们在李家宅被人高看一眼,因为算是混出头年的①,掼脱麦粞包在外头做事体②。逢年节回宅上探亲,酒酣耳热时阿昌冒出一句——前一段辰光老梦到在宅沟里汰冷水浴③,游了老半天还在宅沟里兜圈子,看来这世人生到末结束④还蹦跑出青龙角⑤去。

八十年代初,阿昌成为李家宅生产队也是整个大队里第一个大学生,是我们这拨人的楷模。在农村想要出人头地只有过高考独木桥,榜样的力量在随后的十余年间引领着我和小兵、阿春、阿炳、卫东等宅上人陆陆续续上了大学,这在全大队一枝独秀,远超其余八个生产队的总和。走乡算卦的"仙人公

---

① 混出头年:混得有出息了。
② 掼脱麦粞包:本意是扔掉装麦粉的口袋,寓指摆脱了农民身份。
③ 汰冷水浴:本意是用冷水洗澡,这里指游泳。
④ 这世人生:这辈子;末结束:最后。
⑤ 青龙角:在下文中有表述。

58

公"逢人便说李家宅老早底是真正的大宅子，有底作啊①。

祖辈是乾隆年间移民来垦荒造田的，栉风沐雨上百年，沧海荡滩终成沃土桑田。栖身之所由最初纯用芦苇搭建的"环洞舍"，发展到土坯茅草屋、砖瓦房，及至道光年间，颇有积蓄的祖辈开始筹建"三进两场心四町宅沟式"的李家宅。一般的"三进两场心"由前后三埭房屋组成，埭与埭之间的两端，由侧厢房屋连接，其建筑平面图形为一个"日"字。祖辈颇具雄心，请来堪舆师依照风水确定吉地方向后筑造占地约十亩、由东西二宅组合而成呈"田"字形的鸳鸯大宅，照壁、花厅、书房、库房、门房等一应俱全。宅子建成后便在四周开挖宽大的宅沟，称作"四町宅沟"。町者，田界也，宅沟便是住宅内外的界限。四町宅沟既可养鱼养鸭鹅、种植菱藕茭白，还可在雨季承排整个住宅的积水。宅沟的东南角上弯出一条狭沟与东民沟连通，从空中俯瞰呈 Q 字形，取青龙汲水之意谓之"青龙角"。民沟与纵横交错的河流相连可直通江海，从而使宅沟之水为通潮活水，保持鲜活清澈洁净。

仓廪实，知礼节且人丁旺。清末民初时李家宅已然拥挤不堪，依靠祖传的土地和房舍难以为继。于是有人北上开荒拓土，有人南下经商做工。留在本地务农的也陆续搬到宅沟以外建房称之为外宅，宅沟内则称里宅，里外宅均称李家宅。原先大宅里分到各家的房舍或被卖被拆了，或年久失修了，或化为

---

① 老早底：从前；底作：根基、底蕴。

焦土的，渐渐庭院凋敝，分崩离析。

对我们这群出生在"文革"前后的人来说，光耀门庭的四町大宅是祖辈的励志故事，在夏夜纳凉时通过老人的絮叨启蒙了我们的荣誉感。在物质贫乏生活局促的年代，这碗鸡汤告诉我们梦想与现实之间是有一条被证明过可以走通的道路。祖辈倡导耕读传家，我们还有勤"读"这条书径。果不其然，上了中学才知道阿Q的底气来自"原来我祖上也阔过"，继而联想他家也可能有Q形四町宅沟，或许鲁迅先生据此给他取的名。我把这个"重大发现"在课堂上举手发言，三十年过去了，语文老师那难以名状的表情和黯然销魂的眼神深深地烙在我的心里，有点像《百万英镑》里那个"smile frozen solid"的服装店售货员。

世事白云苍狗，大宅繁华不再，四町宅沟却依旧承载了无数的童年往事，无论我们身处何方，始终萦绕于心。那是人民公社时期，每天的忙碌从早上五点多大喇叭里"东方红，太阳升"的旋律中开始，当宅沟桥边木杆上挂的那口钟敲响的时候，担心迟到扣工分的劳动群众立刻放下手边的活计赶去生产队集合，然后遵照队长的分派去地里干活。脱缰的孩子们快乐的一天也就此拉开序幕。

我们集合的地点就在那口钟下，挂钟的木杆早年间是宅沟上吊桥的龙门柱。大宅建成之初为防盗贼在宅前架起一座类似城门前护城河上的吊桥，早晨放桥，傍晚撤桥，以通出入。解放以后吊桥不见了踪影，交通宅沟内外的是两座木桥。说是木桥，其实就是西宅做木匠的五叔公斫伐了三棵宅沟沿上环肥燕瘦且身材婀娜的杨树，将树干的一侧刨去四分之一，两头搭在宅沟上用铅丝捆好便完工。这样的桥面便是由三个平面和两条曲折的沟槽组成，好在当年不允许穿高跟鞋且胖子少，大家在上面行走倒也没多少不便。春雨过后的桥面上易生苔藓，裹小脚的二叔婆老眼昏花，时常崴脚。农人们用独轮车运粮食回宅时，倒要打起十二分的精神，木轮和双脚必须各自行走在不同的木头上才能平稳通过，稍有不慎，独轮就滑进了沟槽，连人带车翻入宅沟。经年的雨雪风霜，人踩虫咬，木疖处先开始腐朽，布满绿毛的桥身还不时长出形态各异的蘑菇，木桥慢慢地从篆体的"川"变成"水"字，生产队决定拆除"三木桥"，埋涵管筑与道路同宽的"坝径"，从此再也没有听到二叔婆的惊呼——"要喜快哉！"①

　　春天的宅沟生机勃勃，祖辈当年妆扮大宅的树木大多保留了下来。东宅沟沿是赏心悦目的红桃绿柳，西宅沟沿是象征富足有余的榆树，宅前（南）是寓意位及三公槐树，后宅（北）沟沿是寄望家族兴盛的青竹，此外还有冬青、合欢、紫薇、皂角、杨树、桑树、茶树等穿插其间。小伙伴们每天集合完毕便开展经常性项目——捉田鸡，因为这是我们身体重要的蛋白质来源之一。田鸡大多栖息在浮萍上或近水的岸边，身手矫健，直接去抓的话几乎没成功的可能。我们把小蜻蜓或青虫系在鱼

---

① 要喜快哉：不好了。

线上，下方衬着大网兜，饵料在上空缓缓移动，田鸡看到后会纵身一跃扑向食物，后面就看运气了，十之八九蜻蜓被它的长舌卷走，空留鱼线在风中晃荡。有时我们会拿田鸡（其实好多是癞蛤蟆）的孩子撒气，因为捕捉蝌蚪比逮青蛙容易得多，拿一个细眼的洗菜筐没入水中，等成群的蝌蚪游进来就大功告成了。由于没啥技术含量，捞上来的蝌蚪大部分放生了，小部分的倒霉蛋被我们拿回家，用凉开水洗滤几遍后喝了（囫囵咽，咀嚼的话口感相当不妙。）。据老人说蝌蚪有解毒的作用，预防长痘痘生热疮，上大学后在宿舍介绍此防痘秘笈时，我被视为火星来客。

小伙伴们在夏季学会了游泳，在这片密布河浜沟汊的土地上其重要性不言而喻。学会狗刨就拥有了在广阔天地大有作为的门票，大人们会允许你下宅沟去嬉戏玩闹，同意你掏洞式骑脚踏车，更重要的是可以满足口腹之欲。在大集体时代只有四町宅沟里的那方天地不受计划经济的管控。阿春是我们这支水军的头，他擅长捞鱼摸蟹，宅沟为他提供了展示技艺的舞台。他能知道黄鳝洞、螃蟹洞与蛇洞的区别，所以屡有斩获，不知道后来报考水产学院是否与此相关，搞怪的是他被计算机专业录取了。我没有这方面的悟性，一般带回家河蚌、螺蛳之类的呆货，仅有一次居然抓到一条宅沟里罕见的七八两重的鲫鱼，这个正在思考鱼生的家伙很凑巧地被我踩进淤泥里，无路可逃。当然更多的时候我们是沿着四町宅沟（和田径场的环形跑道差不多）追逐戏水，比谁游得快。注意力不集中时会被水草藤绊住，如果预计赶不上前面的队伍，干脆就停下来找菱角吃，或者靠近岸边薅一支脆嫩的茭白解馋。

秋天食物变得丰富起来，宅前自留地里各种瓜果菜蔬弥补了口粮的不足，我们的味蕾有了更高的追求。下乡的货郎有收旧物换糖的业务，可家里的破布都变成了鞋子的千层底，剩下的包括裆漏的裤衩都处于服役状态。阿炳曾经翻箱倒柜地找出三块布满霉斑的破尿片换了四颗麦芽糖，结果当天晚上他家便传出鬼哭狼嚎的声音。我们可不想变成猪头的样子，阿昌找到了一个可以挣钱的办法——卖蟾酥。干这活难度不大，当然首先要有工具，一只外形类似于大号的蛤蜊油壳的铁夹子，我们央告当白铁匠的小叔公给每人做了一个。接下来就去宅沟附近找癞蛤蟆，一般是发现目标后拿脚踩住，左手拇指和食指捏在癞蛤蟆的身体中部的两侧将它抓起，右手持夹子夹住头部顶端后侧的凸起部位稍稍用力一挤，乳白色的蟾酥便迸出粘在夹子的内侧，采集作业即告完成。过了大约一周，宅沟内外的癞蛤蟆几乎无一幸免。于是我们带上夹子一起去了小镇上收购蟾酥的药铺。店老板用薄薄的竹片把夹子内侧的蟾酥刮下来放到戥子秤的秤盘里，那秤杆和筷子相仿，秤砣只有小指甲盖大小，仿佛小人国的物件。这秤我们都不识，老板在那里一钱二钱的报重量，连日的辛苦换来多则二角、少则五分钱的收入。卫东收获最少有些赌气不想卖了，可全镇独此一家，只好忍气吞声地攥着五分钱的铅角子走了，回去的路上骂了无数声奸商。当走到大队部前的代销店，大家又立刻雀跃起来，或多或少买了些一分钱两块的硬糖，蹦蹦跳跳地回家了。

冬天如期而至，一年一度的起塘捕鱼开始了。男人们分成两支队伍，从"青龙角"处开始置下渔网，分别往西和北两个方向沿宅沟作业。宅沟两岸上的人缓缓地拉动渔网上的纤绳前行，两个穿上全身连体橡皮衣的人站在水中，手持竹竿拍打水面驱赶鱼群。随着两支队伍的距离临近，两张渔网之间的"鱼密度"越来越高，鱼儿们感受到了威胁，纷纷跳出水面寻求逃生，但多数无功而返。收网时那群鱼乱舞的热烈场面让小伙伴们兴奋不已，多年后看了电视才知道，这就是央视常说的"丰收的喜悦"。

好几百斤的鱼被装进木桶抬到队部前的晒场上。为体现公平，鱼是按照品种分的，队会计飞快地拨打着算盘珠子，根据家庭人口算出每户每品种的数额。尽可能先分整条的鱼到每户，最后的余数只好大卸八块。纵是如此繁复，难免还有鱼头鱼身鱼尾的差别，所以往往分鱼的时间要超过捕鱼，对那几只在场边伺机而动的猫来说不啻于一场灾难。

转眼就过年了，除夕夜我们便迫不及待地穿上新衣宅里宅外去现世宝①，临走时故作幽默地互道一句"明年见"。大年初一是全年最富有的一天，口袋里不光有糖果零食，还会有一元两元的整票，走过代销店门前时像一群参加阅兵的高卢雄鸡。初二一早压岁钱就全部交给大人"保管"了，我们又光荣

---

① 现世宝：本文中指炫耀、显摆的意思。

地回到无产阶级的队伍中来。

　　一晃已是人到中年，今年春节我们相聚在小兵家。得益于火爆的房地产行情，小兵的建筑公司也钵满瓢盈，面对着豪餐大家抚今追昔，哲人般地发表感慨——大宅的历史赋予我们梦想，清贫的童年给了我们历练。在说到当年上交压岁钱的时候，小兵那刚上大学的女儿插了一句：你们应该大年初一就去买个新款手机，把钱花光就不用上交了。

　　她的话好像也有道理。

我的乡愁，在大江上

吴晓平

　　我一直说不清，我的家乡究竟是在城南夫子庙，还是在一江之隔的浦口老山？

　　3岁那一年，我的那个原来在省政府工作的父亲被打成了右派，一竿子打到长江对过的江浦老山林场。我的母亲拒绝了组织上的"帮助"，不肯离婚，也因此丢掉了一个吃香喝辣的饭碗儿，从省上一个重要部门下放，随父亲一道去了江北的农场。大概是怕子女早地成为农民吧，颇有远见的爸妈将我们弟兄姊妹四个留给城里的奶奶带。我们一家就靠父母降薪后微薄的工资，还有奶奶每天到菜场垃圾堆上捡点儿菜边子，艰难度日。亲人在哪里，哪里就是家乡。从此，我的童年，就在江南江北两个动荡的环境里，极不真实地交叉度过。说它极不真实，是因为在我小学的作文里，一会儿是骑牛的农村小伙伴，一会儿是大杂院的倒马桶、吵窝子。晚年翻看这些泛黄的文字，我自己都说不清童年究竟是在农村的田野里度过，还是在城南的小巷裆里撒尿和泥巴……直到我小学毕业那年，哥哥姐姐他们随爸妈全家下放到江浦，只留我一人在城里照顾瘫痪在床的奶奶，我就更加搞不清，我的家乡，究竟是在江南喧嚣的城里，还是在江北孤寂的乡间了。

我的乡愁，应该在滚滚长江上。

打小的记忆里，就是在大江上渡过来，渡过去。高高的码头，拥挤的船舱，浑黄的江水，每到周末，我就在下关轮渡上奔波。背着沉重的行李、米袋，发了疯一样地抢座位，累得狗一样地拖着舌头喘气。幸好在我刚刚学会骑脚踏车的年纪，我国第一座自行设计、自主建设的南京长江大桥建成了。从此，每到周末，我就意气风发地骑着脚踏车过大江了。说是意气风发，其实为省两个车钱，是又苦又累。大桥坡度很陡，"二八大杠"（那时自行车都是28吋的）很高，一开始我座垫都够不着，就跨在大杠上两边歪着骑，裤裆磨得血淋淋。后来上中学了，有些劲了，"二八大杠"骑着不累，偶尔还能和哥哥拖板车过大桥了。

那时农村柴禾紧张，生产队一年分的稻草、麦秸，根本不够半年烧。大冬天里，看哥哥姐姐抖抖呵呵洗冷水澡，我心疼得掉冰渣子。于是，我向城里的邻居"借煤"。当时城里煤基也是按计划供应的，有时居民烧不完，我就向他们"借计划"——即将他们用不完的"计划"，让我买。这家十个，那家二十个，凑多了，哥哥他们就拖板车进城，顺带送一些南瓜、山芋，答谢邻居。然后用板车装上煤基，拖到乡下起火烧饭。两个哥哥一个掌把，一个背，我就跟在后面推。从夫子庙到老山，整整要走上一整天。到了地头，脚上全是明晃晃的水泡。

有一次，我借了一辆三轮货车，拖了一百只煤基下乡。我没有告诉哥哥，我想给他们一个惊喜。正是三伏天，我起了个大早，乘着早上阴凉赶路。三轮比板车快多了，从城南骑到大桥下，才用了不到两个钟头，太阳刚刚升起。我想，照这个速度，大概吃中饭时分，我就能到家了。想象中哥哥姐姐开心夸我的神情，爸爸妈妈一定会端出丰盛的午餐，在树荫下摆开方桌慰劳我这个有功之臣。我在桥下美滋滋休息了 10 分钟，便开始伟大的冲刺。当然，我晓得，凭我这副小骨架，三轮货车是踩不上大桥的。我在车厢上栓了一根背带，一手扶着龙头，一手拉着车厢，再一肩背起背带，将车拉过大桥再骑。那时大桥上还没有这么多车，空荡荡的桥面上，泛着白光。我埋着头，弓着腰，一步一步往上背。看来，我还是太小瞧这座大桥了，持续的坡度，很快就透支了我的体力。绷紧的小腿肚，青筋直暴，腰越弓越弯，头快贴近地面了，额头上的汗珠，一颗颗清晰地摔在眼前，跌作八瓣，银花一闪，立即被灼热的阳光吸收了。我大口大口喘着粗气，喉咙里似有团火在上下滚动，胸膛极速拉着风箱，感觉马上就要爆炸了。好不容易一步步捱上回龙桥，我一屁股坐在路牙上，感觉人都快虚脱了。眼前一片片白光晃动，桥下苍黄的江水在阳光下闪着万点金光，炫人眼目。再看看前面还有高不可攀的主桥，犹如万丈高山，陡峭悬崖，我顿时泄了气，产生了回家的念头。

家在哪里？

城南那个大杂院么？瘫痪多年的奶奶，还躺在床上。邻居照看着，我说好了，今晚就回来。浦口五里桥那四间简陋的土房么？爸爸、妈妈，还有哥哥、姐姐，他们望眼欲穿地等我的煤基，我能这么半途而回么？不能，累死累活，我也要将煤基送过江去。江北，有我的亲人，农村土屋，也是我的家！

抖擞精神，我拉起车，继续向桥上冲击……挤尽最后一滴汗，喘出最后一口气，我终于上了大桥。我挣扎着骑上车，浩荡江风吹起我湿透的衣襟，榨干的精力在回家的大路上一点点重新聚集。我一边奋力踩踏，一边唱我们那个时代最爱唱的《知青之歌》："蓝蓝的天上，白云在飞翔。美丽的扬子江畔，是我南京古城我的家乡。长虹般的大桥直插云霄，横跨长江……"

这支歌，是我姐姐的同学任毅写的。他也是江浦知青，他将南京长江大桥写进歌词，自己却进了监狱，就关在江浦的石佛寺。记得那一天，我和姐姐的一帮同学去看他。监狱不让进，我们只好站在高高的大堤上，远远的看见他正在铁丝网后劳动，蓬头垢面，两眼通红，搬着一摞红砖蹒跚。同学们远远站在江堤上，小声唱着他写的歌。当时这首歌已经定性为反动歌曲，不准唱。但那时知青胆子死大，在农村苦了几年，好像什么都看透了，什么都不怕，就想回家。

记得还是夏天的一个傍晚，好像我是放暑假，回到江浦家中，帮助烧饭、打猪草。二哥回南京小歇，顶替我几天，照顾奶奶。二哥岁数小，十六岁就自己偷了户口本下乡插队。妈妈心疼他，托了很多关系，才将他弄回江浦，下放在一家。如今二哥热情早过，经常回城和同学商量，是找关系还是办病退回城。此前，妈妈已经通过老同事在公路上给他找工作。因为成分不好，这个事也就希望不大。哪晓得二哥才回城一天，调令突然下来了。同事从县城捎来的调令傍晚才到，但第二天一大早就要报到。妈妈说，家里唯一的自行车给二哥骑回南京了，怎么通知他呢？我说，不要紧，我腿快，马上去县城能赶上最后一班长途（那时江浦到大桥要坐长途班车）。今晚通知二哥，明天一大早他就能骑车回来了，不误事！

说走就走。我从锅里抓了一个冷山芋，边吃边往县城跑。我家下放的地方叫五里桥，顾名思义，离县城也不过五里路。但我跑到县城时，完了，最后一班长途车刚开出。我站在车站外考虑了五分钟，只考虑五分钟，我就决定，连夜走回南京，十万火急送鸡毛信。我知道，只要过了大桥，城里就有夜班公交，就可以回家将调令交给二哥了——虽然只是一个扫马路的临时工，但毕竟是我们家第一个拿工资的名额，不能浪费了。

一旦激动，立即行动。我紧了紧鞋带，出县城沿着公路向大桥方向走。天已经黑了，路上没有行人，也没车，偶尔一只野狗从路边蹿出，龇牙追你一程，吓得一身冷汗。闷热的夜空中，没星星，也没月亮。我后悔出来没有带支手电，四下里漆黑一团，睁大了眼，隐约只见脚下一条灰灰的公路。我有点儿害怕，大声唱歌壮胆。哪晓得不唱还好，越唱越瘆人，黑地里就我一个声音，怪异地发散出去，连回声都听不见。路边的树影，张牙舞爪，好像一起扑过来要将我撕碎。我吓得赶紧闭嘴，吭哧吭哧埋头疾走，心想就这样走死了算，撞到什么大头鬼算我倒霉。也不知走了多久，感觉这条长长的路似乎没有尽头，闷热的夜空里突然劈开一道闪电，路边影影幢幢有铁丝网。我这才想起，应该是过了七里桥，到石佛寺了。铁丝网后面关着许多人，姐姐的同学任毅应该也在里面。呵，去年还弹着吉他和我们一起畅谈理想的同学，此刻已经成了死刑犯，关在牢里，人鬼殊途，你还有什么可怕的呢？

胆子稍稍壮了几许。走过监狱大门时，远远看见昏黄的路灯下，哨兵雪亮的枪刺，不感觉害怕，甚至有点儿温暖的意思了。

这以后，又走了很久很久……突然，远处天边一片隐隐红光，照亮了天际。一开始以为是幻觉，仔细看看，是灯光，隐隐约约的一片灯光。越走越亮，越走越清晰，呵，看清了，长长的一串彩灯，正是巍峨的大桥，像一串彩虹，飘落在茫茫大江上。顿时，我眼睛湿润了，就像看见自家窗口的那盏长明灯，母亲手拿阵线正在窗下翘首盼望。忍不住，心底又升起那熟悉的旋律："再见吧妈妈，告别吧故乡，金色的学生时代，已载入了青春史册一去不复返！"

扫二维码，聆听本篇精彩片段配音朗诵（0´00˝—5´44˝）

童年冬之趣

朱乃洲

时间过得真快，一场强冷空气就把冬天的消息送到了我们身边。可尽管冬天真的来了，但我们似乎并没有太在意。因为，现在的冬天不管多冷，我们都有防寒的利器，一点也不怕寒冷的侵袭。回首想想过去的岁月，童年的冬天多冷啊。

我儿时的冬天好像特别冷，一下就是很大很大的雪，常常把村里的沟渠小河都填满，天下一片白，让你看不到行走的路。田野上的树木，浑身上下穿着厚厚的雪衣，摆着各种各样的姿态，是多么的可爱。如果有了阳光，中午的时候白雪就开始融化了，这时候，家家户户的屋檐下就会挂起一排排晶莹剔透的"冻铃铛"，短的几寸长，长的一尺多。

下雪的日子，尽管天气十分严寒，但对于孩子们来说却有许多快乐的时光。有一年冬至，头天晚上开始下雪，第二天早上母亲开门的时候，大雪已经淹没了门槛，门前的那块菜地也没有了影子。母亲正担心这天能弄什么吃的时候，眼前忽然一亮，几步远的锅屋门口有一个好像是野兔的东西。母亲走到跟

前一看，竟真是一只大野兔。母亲高兴地喊起来："小伢子，快起来看野兔，大黄狗又逮回了一只野兔，今天有好吃的了！"

听到母亲的喊声，我们几个孩子马上"一咔溜"光着身子从温暖的被窝里爬起，迅速地穿上那件破棉袄，争抢着去看大野兔。有了大野兔，当然忘不了我们家的那条大黄狗。我们来到屋后的那个草堆洞子旁，大黄狗正蜷缩着身子在洞子里睡觉哩。中午吃饭的时候，我给了大黄狗一大碗兔肉汤。正因为大黄狗会逮野兔野鸡啥的，于是每逢下雪天，我们常常带着大黄狗去雪地里寻找野物。在雪下的野草中，在沟渠的地洞里，我们时不时会捉到野鸡、野兔。有了收获，那真是无比的快乐。

过去的冬天有时也不下雪的，但寒冷的日子总是少不了。小河里的冰冻便是寒冷的标志。那时，河里的冰冻很厚很厚，轻则一两寸厚，更厚的有三四寸。顽皮的我们一旦发现冰冻很厚实，就开始在上面行走。当时村里的小学离我家有三里路，我们每次上学校要绕过一座木桥。河面上结了厚冻，我们就不再绕行，直接从冰面走过去上学。

河冰上也是我们玩游戏的场所。假期里，我和邻居家的孩子常常在门前的河面上砸钱堆和打陀螺。那时没有现成的陀螺卖，我们就用木头刻一个，圆圆的尖尖的。打陀螺的时候，用一根小木棍系上一根一尺多长的布条，将布条绕在陀螺上，迅速地抽拉布条，陀螺就在冰面上快速地旋转起来。在冰面上砸钱堆、打陀螺还时常会摔跟头，不过跌倒了再爬起来，继续玩游戏。最刺激的游戏要数滑冰了。我们先用斧子或铁锹在冰上砍凿出一块几尺见方的冰块，再用木棍把它撬起来弄到冰面上，然后人站在冰块上用铁叉像撑船那样在河面上推着冰块前进。如果力气足用力撑，前进的速度会越来越快，几个小伙伴你追我赶，真是不亦乐乎。当然，玩够了回家的时候，有时逃不了父母的一顿责骂和打屁股。不用说在冰面上顽皮有多危险，就是脚上的鞋子湿了也要晒好几天太阳。家里没有多余能换的鞋子，上学只能穿别人的鞋子了。

当冬天实在冷得不行，我们无法出门上学或玩乐的时候，就躲在家里取暖御寒。取暖御寒当然离不开火盆，农村里很多人家都有火盆。火盆子也是各式各样，我们家就是用坏了的洗脸盆当火盆。有的人家用缺损的小缸做火盆。有的人家什么也找不到，干脆就用柳条编织外面用烂泥糊成的泥盆。这种泥盆经过几次的火烧也变得很结实。

烤火的时候，我们在火盆里放上杂草和木棍，点燃后就围坐在火盆旁边听大人们谈闲拉呱。当然，小孩们的嘴一般也不会太闲着。趁这机会，我们会将家里的葵花籽、瓜子、花生、黄豆、山芋啥的，都拿来做吃物了。火盆点着后，像山芋这样比较大的东西，因为要烧烤很长的时间才会熟，我就首先把它丢进火炉里。等明火熄灭，我们就在火灰上放上一张纸，把葵花籽、花生、瓜子这些容易熟的东西放在纸上烤。只几分钟的时间，葵花籽就发出了香味，有的还"哔哔啪啪"的爆响起来。这时候，坐在火炉边的姊妹们他一个你一个地拿起来吃了。如果恰巧这会儿有旁人掀开门帘进来，当然我们也会让来人一起分享美味。

　　过去的冬天虽然很冷很冷，但因为有了雪有了冰冻有了火盆，还有那可爱的大黄狗，生活里也增添了很多的温暖和快乐。

外婆的菜园

杨松涛

　　一道半人高的泥土墙，上面密密地栽插着也有半人高的荆条，每到春夏，荆条上便绽出朵朵紫色的小花，艳丽优雅。这道篱笆墙像一双长长的手臂，把七八块菜地和一个不大的水凼拥在中间，水凼边有棵高大的柳树，没有篱笆墙的一面是隔着土埂紧紧相连的三口大水塘。这便是我记忆中的外婆的菜园。

　　我出生在安徽桐城的一个小圩村，少年时光是在几里外的外婆家度过的，虽然小学毕业以后我来到南京，生活在母亲身边，但直到高中毕业，每年的寒暑两假都是回到外婆那里。外婆和她的菜园成了我心中永远淡不了、抹不去的怀念。

　　外婆菜园的这道篱笆墙是两个舅舅花了好几天才垒成的，为的是防止鸡飞猪拱。在桐城，祖祖辈辈都流传着这样的民谣："富不丢猪，穷不丢书"。意思是再富的人家也要养猪，为的是不忘勤劳之本；再穷的人家也要让孩子读书，目的就是要改变命运。家家都奉此为持家、发家的金科玉律。但农家人养畜牲，很少去喂，天一亮就打开鸡笼猪舍，任它们去四处觅食。有几家防范不严的菜园，或者只围道篱笆，少了一道泥土墙，经不住猪拱，常常豁口大开，鸡啄猪拱以后，菜园被糟蹋得不成样子。只有外婆的菜园一年四季安然如故，看上一眼总有一园生机的欣喜。

上世纪五六十年代，在中国是被称为"瓜菜代"的年代。因为那些年农村很穷，水旱不断，粮食不足，几乎家家都是吃了上顿愁下顿，一半粮食一半瓜菜度过一年的。外公去世早，外婆家里加上我有六口人，生活也是紧紧巴巴的。但外婆是个非常勤劳节俭的农村妇女。她辛勤劳作、精心操持的菜园可说是全家人一部分"口粮"的来源。每年春节后的三四月份，正是"春荒"时期，陈粮已尽，新粮未收，不少人家揭不开锅。而外婆在菜园里沿篱笆墙栽种的南瓜已硕果累累，个个又圆又大。南瓜，家乡人称之为饭瓜，意思是可以当饭吃的瓜。外婆把饭瓜切成块，在大铁锅里煮着，再用少得可怜的一点米粉，伴着粉状的米糠屑，做成粑粑贴在锅沿蒸着，虽然糠粑难以下咽，但一碗饭瓜一块糠粑，就是度荒的饭食。

"春荒"里，也不尽是苦涩艰辛，在饭瓜糠粑之外，外婆还会做上几次蒿子粑。"三月三，蒿子粑，吃得咂嘴巴。"吃蒿子粑虽然也是为"春荒"果腹，但舌尖上的味道却盛过糠粑百倍。用来做蒿子粑的野蒿叫粉蒿，也叫米蒿，一到春天，故乡的田野上处处可见。外婆就带着我在菜园里、田埂上或圩堤上采摘米蒿，摘取它那绿茵茵、粉嘟嘟的嫩苗，洗净切碎拌合一些米粉做成蒿子粑蒸食，自有一种春天的芳香，清新滑爽中透着丝丝甜味,仿佛咽下去的是山野的精灵。那种感觉,至今难忘。

"春荒"过后,新收的小麦上场了。外婆菜园里两块菜地上也已绿油油的一片,那是外婆早些时栽种的韭菜。外婆把割下来的头茬韭菜切成碎段,和新磨细筛的小麦粉混在一起,加水调成糊状,然后用一小团棉花蘸上些许香油,在锅底擦上一遍,倒进一些粉糊,不一会儿,一张两面微黄、香气扑鼻的韭菜摊饼就做成了。外婆说吃这韭菜摊饼是习俗,叫"尝新"。因为收获了新粮,一年又有希望了。头张摊饼,外婆总是递给早已站在锅台旁边的我,而我就像得到莫大奖赏似地大口地吃了起来,浓郁微甘的韭香和淡雅清新的麦香互相衬托着、融合着,成就了一种新鲜地道的家乡美食,让人口舌生津。多年后,我在南京上学和工作,早上时间紧,也常在街头买韭菜摊饼吃,但总没有在外婆家"尝新"时的那种味道,更少了那份欣喜。

外婆在菜园里还会种些绿豆。用连枷打下晒干绿豆后留下的黑色豆荚,是外婆用来做一种独特调味品的原料。每年盛夏,外婆总要收集一些绿豆荚,洗净后摊在竹匾里,放在日头下曝晒,然后放在铁锅中点火烧成灰。她把豆荚灰贮藏在一个瓦罐里,待一大锅稀饭煮得快好时,加上一勺豆荚灰,渐渐的原先汤米分开的稀饭变得黏糊起来,还泛出浅淡的绿色,散发着诱人的豆香。这是豆荚灰里含有的植物碱起的作用。汗淋淋的劳作之后,喝上一碗既解渴又消暑的豆荚灰稀饭,那才真叫

一个爽。

夏末秋初，外婆沿着篱笆墙种上一圈扁豆，没几天，扁豆的枝蔓就爬上了墙端，再过几天，枝蔓上开满了紫红色的扁豆花，这是秋天菜园里最抢眼的风景。大舅是位乡村教师，过年时，他给乡邻写的春联中就有这么一副，"一庭春雨瓢儿菜，满架秋风扁豆花"。道足了安宁、平静、恬淡、自足的农耕文化的乡居生活。长大后我知道了这联句是郑板桥的。

扁豆花谢落后，一簇簇青色和紫色的扁豆便挂满枝头。扁豆，在故乡有个很美丽的名字，叫"月亮菜"。形如弯月，恰如其名。我爱这名字，也爱吃月亮菜。外婆炒月亮菜时，会放些红艳艳的辣椒片，有时也会放些腊肉片，色彩、口味特别能下饭。每当月亮菜上桌时，外婆都要把没有老透却很饱满的扁豆籽挑到我碗里，她知道农村娃儿都喜欢糯糯的、粉粉的、吃不到筋丝的扁豆籽粒。

菜园里的扁豆，摘了又长，长了又摘。但外婆会留下一些扁豆，下开水烫一烫，再用针线把烫过的扁豆缀成一串串的挂在屋檐下晾干。大雪封垅、家家杀猪准备过年的时候，外婆会用风干的扁豆烧制出另外一道口味醇厚的农家美食：扁豆干烧猪肉。这道普通的农家菜，只因猪是放养的，扁豆没施过化肥和农药，自然纯真，本色本味，醇和甘美。在经济困难的那些岁月，这可是到年末岁尾农家人才能吃到的美味。

外婆没有闲住的时候，她天天在菜园里忙碌着，也常带我去菜园里玩耍。她翻土、栽苗、浇水、锄草，我便去捉蝴蝶、捞蝌蚪、找知了、逮蟋蟀。有时我也帮她做些事：捉虫、拔草、拎菜篮、抱饭瓜……这时，外婆的脸上堆满了笑容，还会给我讲不少农村里的故事，引得我不时地傻笑。菜园成了我们祖孙俩的乐园。

记得有一次，外婆对我说："会有一天，你要到你妈妈那里去，到了大城市，可不要忘记外婆啊！"外婆的话有些伤感。可我怎么会呢！到南京上中学后，每年的暑假和寒假，我都急急地赶去外婆家，我忘不了外婆的菜园，忘不了外婆给我做的一切。外婆的菜园里，有我儿时的欢乐和梦想。在外婆身上，我明白了一个人生道理：任何美好的东西只有通过辛勤的劳动才能获得。

九十五岁那年，外婆去世了。我赶回老家，在她老人家的遗体前长跪不起。舅舅说："外婆弥留时，还念着你的名字。"

回南京之前，我最后一次去看了外婆的菜园。十几年前，两位舅舅分家了，菜园也分成一家一半。那道篱笆墙依旧守护着，菜园里仍然一片繁茂，可我心里却有一种人去园空的感觉。

离开故土在外打拼的人都有乡愁。海峡那头的余光中先生说他的乡愁少年时是枚邮票，长大后是张船票……我离开故乡几十年了，我的乡愁就是心中的外婆的菜园，只是那里生长的不是瓜果蔬菜，而是对外婆、对故乡浓浓的相思和眷恋。

扫二维码，聆听本篇精彩片段配音朗诵（5′45″—10′00″）

从家乡到故乡

范申

    居住在如今的城市，每逢一个个民俗节日或是农历节气，我总要想起故乡小镇彼时那些充满烟火市声气息的旧时光。端午、中秋、重阳、冬至、腊八、春节、元宵、清明……它们是寻常日子中的一个个驿站，一年又一年、一个又一个地轮回，浓浓的故乡情结就在那些过往的岁月里氤氲缠绵，最纯真的思念让如今离开故乡的我惆怅起了永生的乡愁。

    儿时，我在爷爷奶奶居住的小镇生活，我的人生最初记忆就是从小镇开始，这里的四季景色、这里的市井生活、这里的人物故事、这里的风俗习惯……都已深深地烙印在了我的脑海之中。那时，小镇就在我的身边，这里是我的家乡，爷爷奶奶居住的老屋是我最温暖的怀抱，清寂的小院伴我度过了快乐的儿童和少年时光。在小镇，我食用着这里香润可口的稻麦蔬果，饮用着小镇井河之中的甘甜之水，呼吸着小镇畅爽宜人的新鲜空气，操讲着小镇古意悠然的方言乡语，我的周身刻满了家乡小镇的印记，人们从我的一言一行中很快就能判断出我来自小镇，我也为我是小镇人而自豪。

我熟悉家乡小镇，这里的一切我了熟于心：店桥口的杨家米饼最是绵软甜香，陈家巷里陈大大家的酒酿美味酸甜，北大街的王家熏烧清香绵爽，砖桥口的居氏酱园各种酱品应有尽有……豆腐店、茶食店、青货店、南北货店、炕坊、油坊、蜡烛坊、香店、钟表店、药店、理发店、百货店，粮站、食品站、邮电所……我闭着眼睛都能找到它们的确切位置。春天来了，小镇河西串场河边的一排老柳最先剪出了一片春色。夏日彩霞如画的黄昏，竹林巷里胖奶奶家的晚饭花总是飘出淡淡的幽香。秋风紧，黄叶飞，陈家巷头陈四爷爷门前那棵高大的梧桐树下，满地的桐籽是这个季节我最喜欢的美味。腊月雪寒，陆家巷陆伯伯家的小院里，两棵虬劲的腊梅满树芬芳，沁人的梅香漫空而来，一只跳跃的雀在枝头鸣叫着即将来临的又一个新春……

小镇地处河网密布的里下河地区，这里是古盐运的集散地，曾经啸聚过后来威震江南、称王苏州的张士诚的十八条挑盐扁担。留下传奇名篇《桃花扇》的孔尚任也在此写下了"海雾暮皆连，海风春更急。维舟在白驹，聊以永今夕"的诗行。雕花窗，格子门，寂寞的马头墙，青砖小瓦的老房子，麻石铺就的小巷，小镇总是脱不了古旧的影子。走进家乡小镇，如同打开了一幅如梦如幻的画卷，有一缕缕历史的芬芳从岁月的缝隙里飘溢出来，让我陶醉于这古镇浓醇的气息里。公元1375年的洪武年间，世居江南繁华地苏州阊门的先祖们背井离乡，

来到了苍茫的苏北大地，在这里艰辛劳作、繁衍生息，陈、杨、李、施、卞成为了小镇的五大姓氏，古镇的几条小巷如杨家巷、陈家巷等也是因这些姓氏而名。循着武庙巷碎砖铺成的小路，这里便是当年香火鼎盛的关帝庙遗址，"神祠晓月"的胜景令人向往，你还能闻到六百年前的香火芬芳。鱼市街古老的太和堂药店前，总是有从小镇周围赶集而来的熙熙攘攘的人群，空气里氤氲的是乡野草药的芬芳。走过临水观景的药师巷，漫步蜿蜒曲折的竹林巷，迈进庭院深深的明月巷，小镇总这样小心地藏起了她的美丽与淳朴，只等你轻轻叩开她的心扉，她才羞涩地展示一下她的悠远与韵味。一望无际的东滩，"东郊牧唱"的歌声在这里响起；沟港纵横的南郊，"南浦渔歌"的号子从这里传出。六百年的小镇，"梵寺晨钟"、"岱岳春云"、"苏桥晚笛"、"牛闸寒潮"、"范堤烟柳"似云烟，似流水，故乡在绵延的时光里流淌着不尽的传说和故事。

在小镇的空闲日子里，我有时兴冲冲地在街边的小店、小摊看个热闹，有时就在杨家巷、陈家巷里漫无目的地闲逛，东看看杨爹爹家的无花果熟透了没有，西瞧瞧王伯伯家香香的月季花多开了几朵。大巷我很少去，那里赵家养了一条凶巴巴的黄土狗，常对着人们汪汪地叫个不停，是它饿得发慌了么？还是我家的老猫"花花"乖巧，平日里它总是静静地在阳光下酣睡。小镇严家铁匠铺时常传来叮叮当当的打铁声，我也喜欢面对着烈火熊熊的火炉、听那打铁淬火的声响。小镇供销社的门市部，透过有些灰尘的玻璃柜台，那里躺着好几本我没钱购买的小人书，精彩的故事似乎总没有打开。更多时候，我喜欢钻进到串场河边的大桥桥洞里，看着南来北往的大小行船，向往着小镇外面的世界。彼时，熟悉的家乡小镇似乎没有都市里的热闹精彩，但而今想到的最美风景其实就是这里所拥有的一份宁静和闲适。慢生活里的这段细碎时光总是淡淡地飘忽在我的记忆里，再回首它的背影已经远去。

从家乡小镇出发，我来到了如今的城市，这里有着从前不曾想象过的时尚和繁华，车流、人流、霓虹的灯，寒暄、客套、马不停蹄，我已经有意无意地构造起了自己的生存哲学，谁不害怕被这个注重效率的社会所抛弃？焦躁、沉闷和压抑让我脆弱的心似缠绕在乱麻里，我不得不拼命挣扎以求苟延残喘。此时，浓酽于我心中的那份恋恋乡愁恰如和煦沁人的一缕春风，又似滋润心田的一场轻雨，给了我莫大的精神寄托和心灵抚慰。家乡的美好，往事的回想，我和小镇的那些点点滴滴，在那一个薄雾漫漫的清晨将我的眼眸沾满了朝露，在那一个细雨绵绵的午后随着书桌上的一壶绿茶起伏浮沉，在那一个夕阳初下的黄昏让我的脚步驻足徘徊，在那一个有月亮的夜晚于我的心头升起了无边的光华。多少次曾经梦回的故乡，会还是记忆中的模样么？端午节时，小院大槐树下奶奶仔细地包裹着美味的粽子，老屋的门窗上青绿的艾蒲散发着淡淡的清香。中秋的夜空下，我和奶奶在老屋的小院里敬月亮，香烟袅绕，一地的月色透着夜的清凉。菊有花黄，深秋的镇西花家垛上，遍地的野菊灿烂着小镇的重阳，故乡的秋天就是一幅美丽的图画。冬至近，腊八到，和着飘飘的初雪，故乡的大街小巷腌货腊味扑鼻飘香，年的气息已经越来越浓……除夕之夜，老屋的家神柜上烛火明亮，我和爷爷、奶奶、爸妈、小姑、妹妹等围坐在一起吃团圆饭，守岁的时光让我幸福流连。隔着岁月的河，昨天的往事仿佛又近在眼前，那些美好与欢笑总会让我变得宁静、透明、澄澈，我更加清楚了我的来路去途，我的灵魂在脉脉的乡愁里得到了皈依归宗。家乡小镇，这个游子梦中无数次出现过的精神地点，有着水墨浸淫过的虚幻，有着涤荡心胸的神奇，这让如今的我依然能吮吸到故乡空气中流淌的熟悉气息，耳畔时常响起小镇温馨的方言乡语，它们都是那么亲切，那么好听，那么令人向往。

　　十二年前，我八十八岁的奶奶离开了我们，老家就没有亲人了，那座爷爷奶奶生活了数十年的老屋也贱卖了。这以后我每年返回小镇的次数已经越来越少，没有了落脚的家，小镇真的成为了故乡了。叶圣陶先生早年离家居住在城市，常常有秋虫唧唧的幻听，在他看来，虫吟就是"无上美"的音乐。汪曾祺先生在外学习、工作数十年，最令他惦念的还是茨菇、昂刺、鸭蛋等故乡高邮的食物，这些扎了根的听觉声音和味觉记忆，会时时提醒着大师们家乡的方向，令他们心怀着淡淡的乡愁。此时，我居住在县城，每每一两声熟悉的家乡话在我耳边说起，每每品尝起老乡们捎来的故乡美味，每每

一个个民俗节日或是农历节气的到来，我又何尝不寻望故乡小镇的方向？因为，此时的故乡已经成为了我心中固有的一个精神符号，每一次的怀想与探望总是让我那样充满激情和回味漫长。是故乡小镇记录了我成长的生命特征和精神基因，这些就如同我与生俱来的胎记一样不可磨灭，那里是我生命的根基和梦想的源头，那里有深刻的年轮和光阴的故事。

故乡还在，它在远离我数十里外的水乡一隅，古老的串场河依然静静地在她身边流淌，小镇的烟火气息照旧在麻石铺就的街巷里袅袅地飘散，寂然的晚饭花也在长满绿苔的小院吐露着芬芳。故乡还在，此时的故乡啊，她就是绵延在我心里的一条河，她就是辉映在我眼前的一轮月，她就是我天天仰望的一朵云……从家乡到故乡，我跋涉了四十八个春秋，年年的积淀和回望，乡愁就是一颗归乡的灵魂！循着思念，我要回到故乡的身旁。

家乡老街

曹峰峻

老街在我记忆里充满灵性，如一幅素装的水粉画，从我记事起至今，它就在我充满无数浪漫的故事里神游。

家乡的老街传说中其实是一条水街。

记载中的"安仁八景"中，"塘港分流"、"虹桥灯影"、"独木雄风"、"莲沟落月"均勾勒出水街的影子，至于没有专章记载、详细叙述，可能是由于水街很短，没有形成商贾之势，或另有生意兴隆的旱街争了它的风光所致，具体到底是什么原因，还无法解释。

关于家乡水街模样的版本在传说中也存在多种。

家乡的水连着长江、运河及通海水系，是名符其实的水乡。水乡的水街大多是沿袭着江南古镇的模样，不过家乡的水街虽然长度不长，其水面比江南要开阔许多，这便于苏北大船的来往通行自如。

不管哪种版本，家乡水街的内涵与共性的东西基本占多，这为我印象中的水街提供了蓝本基础，我就会极力地想从记忆深处还原它的表情并肆意让它眉飞色舞起来……

水乡的河流像一条银色的项链，家乡的老街似颗明珠被串连在那链里。

当原野上的绿风伴随着天际而来的碧波涌进老街，老街上的店铺货行就会依次顺着狭长的水径两岸分别排开，你可以摇一条小木船从乡下来，从塘港河或者海沟河来任你随便，在饱眼两岸繁华和喧闹之后，随意把船靠在哪边的石阶码头上，随意去谈你的生意，看你要约的买卖。船桅无需上锁，船也不必雇人看着，它会在等你的时间里蛮有情致地随波摇摆。

如果你有兴致走上虹式石孔桥，那是传说中的水街上唯一的虹式石孔桥，你可倚着栏杆自我"包装"将军阅兵的气势，让许多造型别致的木船在你检阅的水街上来往游弋，你也可以装扮文人气质，尽情欣赏女人们身着各种漂亮衣服在石阶上淘米、洗菜、洗衣嬉闹的姿态和情趣。

那种风格是约定俗成的，是冲动后的嬉笑，是定格中的慢镜头。

我在开始对文学感兴趣的时候，曾经仔细研究过美术作品《烟柳画桥》，我肆意在无可非议的色调中，掺进故乡老街那舞动的旗幡、古式招牌来映现美学范畴里深远的历史性，尽管后来水街消失，我终没有找到确切的依据。

江南的诗意蕴含着她的烟柳画桥、富庶繁华、温柔多情，而江北的水街是否也能滋养里下河地区的风物与人情，孕育着江北不同的个性与魅力呢？

如果用散文的风格来叙述水街，那胜景鱼米乡，小桥流水中的三秋桂子、十里荷花，遍地黄花稻香的故乡，自古就有多少文人骚客为之倾倒迷醉！

春天来了，遍野翻腾的金黄，随风涌进老街，姑娘的辫子开出了满街的芬芳，榨油机就预备吱吱地响了；夏天到了，乡下的戏船开进来了，用葵扇摇动故事的奶奶携着孙儿孙女，老少爷们喝着酒，在水街两边紧紧围着《玉堂春》或者《打渔杀家》，把个纯情的老街弄得哭哭笑笑。规矩人家刚过门的媳妇，在阁楼上不时地把甜甜的笑抛到戏台上小生的脸上，用手帕把泪水蘸到自己的故事里。

当中秋圆月静影沉璧，总让多情的暗香浮影洒落在水街两岸石板上。于是，贡月的小桌上面摆满月饼、苹果、藕夹，小孩子们在烛光中唱着："月儿光光，快来我家，嫦娥姐姐快找吴刚……"当雪花准备把老街打扮成银装素裹时，嫁娶的红船已开始在水街上穿梭不停。从腊月到正月，老街上爆竹声不断，顽童捅红窗、抢喜钱，吵闹不断，男人和女人的笑声不断，老街疯狂地旋转起来。到了正月闹元宵，大红灯笼高挂两岸，水街上舞龙船锣鼓喧天，石板上走着兔灯、老虎灯，把个百年老街疯癫成三岁顽童。

夜深人静时，高烛映照老街，我常凝视烛光流下的红泪，我记得母亲曾拍着水街边的小树对我说："你们是好朋友，看谁长得高。"于是我每天都来看它。

风雨多年，我依旧思念着家乡的老街，然而现实中的老街已被冷落在现代化城市的角落，它缄然不语。那些繁华中心虚假的招牌、张开血红大嘴的酒吧、裸露的 KTV、扭动着狂暴的肉欲加剧了老街的悲哀。

面对种种猥亵的行色，我心里除了痛苦还有什么？

我没有半点反对现代文明的心胸，除了怀念家乡印象中的水街，还是怀念。

什么时候，久违的大红灯笼，会再高高挂起，重现我心中那幅水街红妆图呢？

扫二维码，聆听本篇精彩片段配音朗诵（0′00″—3′52″）

火车，载着我的乡愁

王丹凤

一想起火车，我想起了故乡，那是每个人心底里，最柔软的地方。想起火车，我就想起了乡愁、梦想、憧憬、思恋和别离，那是慈母的手中线，那是严父的爱如山，那是……

火车，是一首诗！

第一次乘火车，我激动得要命。站在无限延长的铁轨旁期待着。远远的，一个小绿点出现了，车轮的声响越来越大。我眼睛都舍不得眨，脸涨得通红，但那一列绿皮火车并没有停下，而是呼啸着急驰而去，好像要办天大的急事。

火车跑远了，我的心仍然狂跳不已。那年，我十七岁，揣着我的乡愁，还有我的憧憬，从无锡站独自乘车，去上海读书。没想到，毕业后参加工作，进了铁路行业，坐的火车越来越多，有时是天天坐火车，整夜整夜坐火车，随之的感悟越来越深，对火车的感情越来越浓。

在我眼里，文学是人学，人生是文学的永恒母题。而火车每天每时每刻都在上演"人生"。火车是人生社会这部恢宏壮丽而又复杂丰富的交响乐的一个展演舞台。所以，我坚持认为：火车，更像一首诗。

社会大舞台，火车小社会。火车，是社会生态环境的"切面标本"，车厢就是社会的缩影，其生态环境仿佛一首三节诗：

硬座车厢/约等于平房四合院/人气旺，俗情浓/不多时，找到了同频/融为一体，共振/扑克牌，甩得啪啪响/投缘的，海阔天空/谈天说地，酣畅淋漓/嘴角生出白沫子。

硬卧车厢/类似于居民楼/自以为，平民升了级/多少有些傲满/带着戒备/事不关己，高高挂起/钱物细软掖枕下/身份角色暗揣度/枕戈待旦般/不愿闲操心，可是，睡不深/精神比较累。

软卧车厢/好像别墅、小洋楼/"鸡犬之声相闻"/却鲜有往来/生态关系，犹如大型猫科动物间/那般的微妙/老虎、狮子和豹子，不会扎成一堆/软卧车厢，规范有序/有点压抑、略显寂寞/偶有寒暄，也是寡味。

每天的火车就这样载着林林总总各式人等，热热闹闹、轰轰烈烈地前进着，一列又一列，从历史深处延伸到现在的视野。一拨一拨的人群踏上火车，南来北往。每一趟列车载的都是新面孔，演绎各式各样的故事。唯有一点不变的就是：火车总是呼啸着朝前奔驰，昼夜不停，日夜兼程。前方，永远是火车的方向。

在 2015 年 6 月 16 日的"火车诗会"上，傅国老师说，这世上，最最坚硬的是钢铁，最最柔软的是诗情，而火车兼收并蓄了这钢铁般的硬质和诗歌般的柔美。火车，有坚硬的钢铁外形，内心却有不变的温暖。火车的每一声"咯噔"，仿佛都在酝酿诗意；每一次出发，都在制造浪漫。"火车诗会"上，一位来自北京理工大学的赵同学，激动地说：没想到我回哈尔滨的火车之旅，能遇到这么多的诗人、作家和朗诵艺术家，真是太神奇了，像在做梦似的……

确实，说起火车，我就会想起远方、想起旅行、想起故乡、想起太多的"未知"、想起陌生的风景人事，而这种种，恰恰是最诗意的。就像我曾经写过的："铁路，铁轨，还有车辆/说起来都是金属……/却不是冰冷的钢铁/而深怀柔情/是用钢铁铸成了魂/却依然坚守一颗柔软的心/待旅客如亲人。"

《走吧，张小砚》一书中，我印象最深刻的一句话，就是"要么旅行，要么读书，身体和灵魂必须有一个在路上"。试想，如果在火车上，依窗读书，眼睛读乏了，转头看看窗外沿途的风景，左有青山隐隐，右边碧水绵绵，岂不是身体和灵魂同时在路上？难道还有比这更诗意的人生吗？恰似火车带你的身体去远方，诗歌带你的思想去远方。所以，《百科全书》的编纂人皮埃尔·拉鲁斯曾经激动地说："铁路！神奇的光环笼罩着这个词汇。它是文明、进步和友爱的同义词。"我认为，火车，诗意的光环笼罩着这个词汇。它是旅行、梦想、故乡、激情和远方的近义词。

不少人对火车有说不出的情愫，不少人对火车有莫名的猜想，不少人打小就对火车有莫名的好感和无限的期待，也有不

少人，一上火车，记忆的片断，蜂拥而来。旅美诗人远帆说，他的很多诗作，像《北方的河》《沿着海岸线》等，都是在火车上完成的。诗意的火车，让诗人完成了诗作。

诗意的火车，也会让年少的孩子找到别样的乐趣。曾经，村里几个孩子，专门去看上火车。一列火车，咯噔，咯噔，那大嗓门在空旷的田野上，响亮得有些惊人。一个孩子说，开过去的绿皮火车有二十节车厢。另一个说，你的脑袋里塞满猪粪了，明明只有十八节的。他们无休止地争论着，谁也不能说清楚刚才开过的绿皮火车到底是多少节。为了证明自己的正确，他们站在寒冷的村口，拖着鼻涕，等待下一列绿皮火车的出现——这场景就是一首天真烂漫、趣味盎然的诗。

火车，这两个字本身，就深蕴诗意，天生带着使命。飞驰时，气势磅礴，却拥有慈悲的气质。她容得下苍生，也容得下万物；容得下欢聚，也容得下离别。她可以带你到海边、到高原、到神奇的西藏、到你想去的任何地方。火车，可以送你去遨游，去天涯流浪，去策马草原、攀登山巅……总之，火车，让你有故事可以讲！

火车，她一直在旅行，带着浓郁的乡愁，带着浓郁的诗意！以一首诗的姿势，一直向前！

扫二维码，聆听本篇精彩片段配音朗诵（3´53″—7´45″）

102

五邑面人

施清源

    族里的祠堂建成的时候，张灯结彩，鼓乐齐鸣，热闹非凡。重修祠堂是宗族里的大事，爷爷作为族长，更是当仁不让，重任在肩。爷爷为此事可谓劳心尽力，加之族里人的倾力相助，施氏宗祠在短短三个月内就修葺一新。这是一个传统的闽南红砖瓦古厝，"燕尾式"屋脊，两端吻头高高上扬，尾部尖细，纤巧华丽。祠堂门口放着两只花岗岩砌成的石狮及两根巨大的盘龙石柱，更添庄严肃穆之感。

    随着"浔海衍派"的匾额高高挂起，祠堂落成仪式进入高潮，爷爷点起一袋旱烟，却没有抽，他嘴上带笑，眼里却藏着泪。这个饱经风霜的老人消瘦却精神矍铄，酱紫色的皮肤，微微下陷的眼窝，脖颈上有着很深的皱纹，腮帮上的褐斑一直蔓延到他脸的两侧。他的双手常用绳索拉大鱼，留下了刻得很深的伤疤。这些伤疤中没有一块是新的，如他身上的其他地方一样，一切都显得古朴。除了他那双眼睛，像海水一般深蓝，从来是坚定而不肯认输，唯今天怆然涕下。

祠堂重修除了敦宗睦族、光前裕后外，更是为了两个月后的台湾施氏寻亲团的到来。这个寻亲团承载着几代人的寻根梦，在经历了五十载的海峡相望后，终于可以踏回故土，返祖认宗。

　　由于学习和工作的关系，我就一直远在他乡，除了年节时回来，平时与爷爷很少有言语上的交流，加上爷爷总是表情深邃而不苟言笑，在他面前我们都不敢轻易说笑。故而对爷爷的故事，我知之甚少。

　　离村三五里，有个望海的六胜塔，位于金钗山上，相传是刺桐港上的第一座灯塔。花岗石阁式建筑，八角五级。爷爷时常会一个人在塔边的亭里闲坐，带着他的旱烟、二胡，还有一个老旧的布袋。爷爷一坐就是大半天，眺着远方出海口，拉着他的二胡小曲。曲调悠悠，似是叹息，又似哭泣。爷爷的东西，我们总是敬而远之，从小对我来说，那个布袋子，里面装的一直都是神秘感。我十六岁那年，在一个阳光煦暖的周末早上，爷爷带着我，带着他的旱烟、二胡，还有那个老旧的布袋来到那个闲亭。爷爷打开布袋，里面是一个自制的木头匣子，打开匣子，里面是一个孙悟空造型的面人。这样的面人，我儿时也有过，色彩斑斓，煞是好看。但爷爷的面人已经失色，做工粗糙，形态也不完美。我有些诧异。爷爷说："爷爷以前有个双胞胎弟弟，这个面人，是我六岁时，爷爷的爸爸在庙会上给我们买的，当时是一对，我和弟弟各一个。"爷爷顿了顿，声音有些哽噎，接着我知道了这个面人背后的故事。1940年，由于日寇进犯石狮，制造了七一六惨案，百姓流离失所。迫于生计，家里养不活两个小孩，爷爷的弟弟被曾祖父送给我的曾叔公。七一六惨案后曾叔公便携家带眷远走台湾鹿港，之后便音讯杳无。临走时弟弟手上还带着那个孙悟空面人。为了能长久保存，爷爷在曾祖父的帮助下，用陶土仿制了一个面人，在砖窑中烧烤后还真有几分原来的模样。后来借村里建庙时，还把面人修上了漆色。这个面人共有五个颜色，爷爷就叫它五色面人。爷爷的话不多，表述也不是很完整，但我知道，这个五色面人对于爷爷意味着什么。或许在塔的对面，浅浅的海峡那头，也有一个同样的面人在隔海对望。

这事之后，我时常会帮爷爷留意一些台胞寻亲的新闻和节目。通过一些媒体及网站的帮助，我们联系到了"台湾施氏寻亲团"。经过几年的沟通与筹备，"施氏寻亲团"就要到来了。前一天晚上，爷爷很兴奋，喝着小酒，拉起了他的二胡。那一天仪式很隆重，市里还来了领导，大家在宗祠里查对族谱，很多人认祖归宗，还有一些寻到了亲人。爷爷最要好的火亮叔也找到了他失散四十年的妹妹，一家人喜极而泣，抱头痛哭。一周后，寻亲团返台了，爷爷却越发神伤，或许对于他来说，世上最遥远的距离莫过于：有人在"浔海衍派"的匾额下等着你，而你却不知。而他仍爱一个人枯坐，对着五色面人，不言不语。

两年后，爷爷走了，走时手里还握着他那个五色面人，他在守望中老去，安然辞世，却遗愿未了。家人按着五色面人的颜色，用青红白黑黄的大理石围了他的墓沿，权当一种追思，也是一种祈福吧。悲歌可以当泣，远望可以当归，愿远方的人可以早日回来！

故乡树·心中情

高悦

少时读过席慕容的《乡愁》，里面有这么一句，"离别后，乡愁是一棵没有年轮的树，永不老去"。在异地求学的那段日子里，每每深夜靠着窗边看那忽隐忽现的月儿，我就会想起那句话。细细品味觉得很有道理，乡愁是树，一棵长在土里、种在心上的树。

我家门口种着一棵树，幼时和母亲一起栽下，它才到我肩头，长大了看它却需要抬头。刚种下时，我光着脚丫子一天去门口看好几遍，长大后一年里只能看几回。记得离开家去异地读书时，那树叶子还是青绿，再回来叶子早已掉光，只留光秃秃的干，在秋日里带着一丝凉意。

"江南佳丽地，金陵帝王州。"六朝粉黛，十代王朝，说的就是我的故乡——南京。这次跟着我一起回来的还有大学密友，一个西北姑娘。她说想看承载过六朝兴废、被文人墨客大赞于纸上的金陵是个什么样子。一路上那姑娘总问我南京到底是个什么样子，我每次都淡笑不语，故乡的样子用千字文来说太少，用一尺纸来绘不够。故乡任何时候的样子，在我眼里都是最美的样子。

回来正是深秋时节，南京的秋就像一位温婉女子，美得安静又有深意。路旁枯黄的梧桐叶子在夕阳下带着点橘红，风大时会有几片叶子飘下，如同斑斓的蝴蝶。我和那西北姑娘拖着行李箱并肩走在落着大片梧桐叶的街道上，姑娘仰脸看着梧桐树，咧嘴说，这法国梧桐树真漂亮。我点头，梧桐树确实美。

南京处处有梧桐，四季有梧桐，每当初夏，天上就飘起了梧桐雨。漫天梧桐絮飘得纷纷扬扬，随风四处舞动，落在行人的肩上，飘在行人的衣上。年幼刚学骑车那会儿，我总爱抓着手把在梧桐树下来回骑着耍，弄了一头梧桐絮，再跑到母亲面前抖她一身。天热时碧绿的叶片聚在枝头，使得阔钟状的树冠遮住一片天，梧桐树下就会有大片阴凉，骑车累了就一屁股坐在树底休息一下。雨季里雨水打在梧桐叶儿上发出簌簌的声音，雨后的梧桐树总会散发出独特的气息。小时候总以为每个城市街道和南京一样都种满了梧桐，到异地才发现幼时的想法真真可爱。很多城市的建筑大多有着相同的外貌，交错的街道大致有着相似的店铺，走在异地道路上有着和故乡相近的景，却没有故乡的梧桐。我想我深深喜欢的并不是法国梧桐，而是南京的梧桐，只有故乡的梧桐树才能带给我归属感。

西北姑娘来的第二日就想着要去栖霞看山逛庙赏枫叶，有言道"春牛首，秋栖霞"，"栖霞丹枫"正是金陵十景之一。栖

霞山红叶一般经过三个观赏阶段，第一阶段看红叶"五彩斑斓"，第二阶段看红叶"层林尽染"，第三阶段看红叶"万叶飘丹"。我们来时正是层林尽染，貌似前几日下过雨，天空如洗，远山如黛，沿着山路拾阶而上，两边高低不齐的枫树在风中尽情舒展着。疏疏密密自由晃动，在阳光下红得亮眼，尽显万种风情。浅红娇，深红艳，艳而不俗，生机勃勃。舒展的尖尖叶子像迸射的火花，在你眼前绽放，在你心里留痕。

青砖铺就的台阶已有些缺损和坑洼，年代久远的石阶向寺庙方伸展着，顺着方向望去，远处行宫飞檐翘起，屋脊层层叠叠，在红枫的映衬下更显古朴雅丽。奶奶家在栖霞山脚附近，我五六岁时常被奶奶拉着手进寺玩耍，在青砖石路上跑跳，和哥哥姐姐在红枫树下嬉闹，那满山红叶则是儿时脑海里最鲜红的记忆。前几年赏叶时我在异地未归，哥哥从远方寄来一封信，拆开信封，里面静躺着一片红枫叶。哥哥说，叶子红了你未来，望来年你能回来看一看。今年我回来看了，这里的红叶如儿时一样红，和记忆里一样美。不同的是，山里的枫叶树到秋天才红，心里的那颗枫叶树却时时红着。

晚上，我带着西北姑娘游秦淮。西北姑娘说她读过朱自清的《桨声灯影里的秦淮河》，邪雕栏画舫、粉墙黛瓦、凌波灯影、牌楼伟岸早在她脑中构成一幅画。秦淮河是南京文化渊源之地，内秦淮河从东水头至西水关全长4.2公里，沿河两岸从六朝起便是望族聚居之地，商贾云集，文人荟萃，儒学鼎盛，素有"六朝金粉"之誉。西北姑娘选了一条挂满彩灯的画舫游河，船夫一看就是行家。船行得很稳，两岸彩灯映照着河水，形成黄黄的灯雾。船桨划开的水波，温婉地向远处荡开。船行得很慢，两岸有的酒家点起了彩灯，灯火在夜里是最诱人的东西，岸边叠叠灯彩闪闪灯光，让我想起一句诗，"远远的街灯明了，好像闪着无数的明星，天上的明星亮了，好像点着无数的街灯"。

那青砖小瓦马头墙，那回廊挂落花格窗，那古朴幽雅文德桥，让人恍惚之间看到了华灯初上画舫里，摇扇姑娘正梳妆，纤指点朱唇启，醉人歌声传几里的纸醉金迷之境。烟笼寒水月笼沙，夜泊秦淮近酒家，西北姑娘感叹秦淮河上有情怀，我说，等开春岸边柳树绿了，春光照河岸时，秦淮还有别样的美，那种美特别可人单纯。

夜深了，在秦淮未停留多久，到家门口，就看见母亲站在树下等我。我和母亲栽的那棵树离路灯不远，路灯的光在夜里很昏暗，将母亲身影拉得很长。小时候有一阵子觉得自己长大了，硬不让母亲在校门口等我，她就想法子在家门口的树下等我。灯下母亲的背驼了些，笑起来脸上褶子多了几条，看着我的眼神却和儿时一样，温柔如月光，炙热如太阳。我问母亲怎么不在家里等，外面冷。母亲说，想着你也快回来了，就先出来看看。父亲说，我在家的时候，母亲看我，我不在家的时候，母亲就看门口的树。

在异地我时常会忆起家乡的树，想着街道边梧桐树黄了，念着栖霞山枫叶树红了，琢磨着秦淮岸杨柳树该绿了，想着家门口的树抽新枝了，想着那树下的人是否又长了白发。乡愁就好像这些树一般，不管你离得多近多远，它就在这里，不偏不倚，在心窝上扎根，扎得很深很深。

扫二维码，聆听本篇精彩片段配音朗诵（7´46″—11´15″）

消失的时间

陆承

后来，当我走进这里，那荡漾着历史质感的荒凉之美已被剪去，修饰成一排排规范的教室，没了之前红色砖瓦和土黄泥块的亲切和雅静，换之以模式化的现代气息。水泥铺满了过道，空旷的院子也仿佛被压缩成新农村跨越里的标语，也没有了那些多余的草木和偶尔飞过的细语。

最早，这里是知青居住点。那时，开阔的村落里有着很多类似平整的土地，种则是良田，平则是麦场，呈现着光洁的大地之美，两列新绿的单人宿舍幽静地陈列着。之后，在网上看到那些过往的青春晒出昔日的青葱与朴实，莫名里，让人会陷入停顿的恍惚中去。

八十年代后，原先被置为小学的祠堂被拆，此处的履历才渐渐沉淀下了厚重的光彩。缘于父母曾不间断地成为这里的老师，我的童年有相当部分在这涣散的境界里度过。如同地主庄园般的瓦房，有序地守卫在各自的位置，冲破云霄的钻天杨，高高地和蓝天白云为伍，澄净的落叶中，我和多少同伴酝酿着时光的游戏。暗淡的小花园里曾经培植过的花蕊，馒头花、牵牛花、玫瑰花，草根的美素描般穿插在小学的课本和生涯里。加之悄悄更新的布局，让这所农村的小学显示着别具一格的味道与纯粹。

还好，工整的教师宿舍整饬着城市的气息，套间与白色的墙壁，表露着某种淡淡的隔膜，干净而宽敞的玻璃下，下午的反光里也会微笑着剔除地域的差异，再伴之以音乐与网路，煤炭的火炉会带来信念的春天。好呀，现在母亲已退休，待在县城的家中，父亲则在即将告别教师生涯的时刻能在相对安详的环境里保持着他的敬业与恪守，这无疑隐喻着一个个人、一个家庭，乃至一个社会的蜕变。

我继续沿着这条记忆与真实交错的路，往前走着。看到昔日的盛景依附在今朝的尘埃里，唤醒着岁月的激荡，也充盈着城乡的间隙，让梦幻的诗情画意在闲暇得到完整的阐释。雕琢一新的操场，点缀生长的运动器械，似乎在用金钱和命运大声地宣告着改造的胜利与辽阔。只是那一面张扬着旗帜和乡村符号的戏台不见了，那栩栩如生、就要从石刻中飞出的双龙和飞天，只能从仅存的回忆中寻找。这潜移默化着文明与乡风的建筑，像钉子一样钉入这座村庄的过去，在过节或大型的仪式中传承着虚无的力量。站在慢慢减少的人群中，我仿佛看到了我坐在陈旧的童车里拍照，一旁的时髦与延伸的镜头，指向了那些固定的叫卖，秦腔的疏散和传奇的坼裂，仿佛中断的梦，在骄傲的泪水里终止了思想和荣光。

穿过学校，穿过古老而卑微的墙皮，家族企业的落寞不知还会有谁记起？只有陷于失忆的房间，不曾完全消失的脉络，还在书写着一种挣扎和力量。又将进入光阴的迷宫之时，一列巨大而金属的道路铺展着血肉的拼搏。兰渝铁路的行程，在这里只不过是万里长征的一点，只不过是汗水与智慧，土地与植被，噪声与人世之间的均衡，还会是一种神话和奇迹，融合到这块土地的飞升与堕落，在沙石与田野、山脉与流水中表达着无上的情怀。诚如《资本主义时代的抒情诗人》里那理论与浮华的交错，当我叙述着这些陌生化的修饰，在地平线的开端奔涌的潮流，会在一座大桥或隧道，或山坳的拐向中演绎着时空的臂膀，是博尔赫斯的时间与诗意，还是现代这看似无垠的舞台上暗哑的音符？是的，她正在凝铸最后的开关，当轰鸣的列车再一次打破村庄的贫乏，将是怎样的起伏和弥漫？

"田野被撕裂，人们在夹缝中生存。"如果这是诗歌的写法，我必须要进一步阐述表层含义和象征含义。铁路似乎成了中段，阻断了一部分人的行程，也重新划分着耕地和民居的领域。而重复的作息也调整着视野和胃口，从幼时的水烟——当然也是本地特质的经济作物，到萧条的村办工厂，漫长的栽种，农药，收获后夜深时的护理，夹杂着民谣与民俗的学说，随后兴起的高原夏菜，开始重新规划的林木，都已深深地烙入大部分村人的命脉。那些来了又去的绿色蔬菜，那些奔忙又狡诈的菜贩，用政治经济学的群众路线引吭着一座座小洋楼的突起，更加层次分明地聚落和落寞。

继续前行的尘土中，在旧有的末梢上完善的三电站（本地水利管理部门的专用名称），远离着本已是田园的村落，更加溢出些陶渊明独居的味道，尤其是那粉刷上梦幻色彩的宿舍，过段时间才走出的人，查看着设施与天空，有着老子《道德经》里那空幽的感触，是一首空灵的诗，破败的角落里开出的艳丽而明净的花。

　　再往上走，往前走，变得陡峭的坡度，会让人进入另一种西部风情的画面。是最高峰，凤凰山，间余的传唱，或者，我也可以杜撰出一两篇神奇的短制，像此刻的风，凛冽，却体现着祖先的豪迈。走着走着，坟冢像灯光一样打开，我重新遭遇着已经消亡的故人，看看他们安宁的生涯，也会聆听到更加苍老的回音，忽然响起的鞭声，战栗的双腿。我要去看看我的祖父，看看我的祖母，看看我的生命的源头，那垒起的黄土堆下默默的追溯，我还要看看我父辈的祖父和祖母，在看似单一或隐含着家园思维和排列的坟前，静静矗立，矗立，直到一阵风把我从混沌中吹开，我慢慢转过身躯，看到肃穆而恬淡的底色上，整个村落里渐渐消散的低矮的院落和温暖的炊烟。

乡愁不是愁

丁剑

父母在身边聊着什么你完全没有注意到，一双跳映着炉火的眼睛紧紧盯着她，也许是好奇，也许是期待。终于闻到了一丝酸酸甜甜的水汽香，那是快要熟透的信号，仿佛一直冬眠中的小松鼠伸了一个懒腰。

你来了精神，看她在炉火上蜕变，你拨一拨，她动一动，火舌舔着她，总要烤得均匀些才好。炉火温暖了你的身子，而她温暖了你年幼的心。她是烤橘子，红红亮亮热热乎乎的烤橘子。

小时候家境条件不是太好，兄弟两个读书，父母是普通裁缝。冬季的夜晚天黑得早，风也冷，在没有顾客上门之后父母会把大门关上，赶制白天接的生意。要是当天生意不忙，而睡觉又嫌太早，一家人便会把煤球炉放在屋子中间，围着煤球炉烤火、取暖、聊天，顺便烘烤烘烤衣物。父母享受着一天忙碌后的闲适，我和弟弟则享受着父母闲适所带来的闲适。

煤球炉上当然不会空着，通常会煨一壶热水，供家里人晚上洗漱用。勤俭持家的母亲也想让我和弟弟多一些营养，偶尔会买一些较便宜的水果，比如说——橘子。因为价格便宜，所以规律基本可循，青色的必然是酸的，亮黄色的和橘红色的甜的概率大一点，小孩子们不怕凉，甜的橘子早早吃完了，只剩下了半青半红的酸橘子。晚上，当一家人围坐在炉火旁时，母亲会把热水壶取下，将白天剩下的酸橘子直接放在炉火上烤，烤熟了再给我们吃。第一次见到这种吃法时，年幼的我很惊奇，橘子也能烤？

橘子是可以烤的。它有一层厚软的皮，所以不像苹果、梨子那样脆弱，它是可以直接放在燃烧着的煤球炉上烤的。母亲用筷子把它们一个个分别摆放好，根据个头大小摆放在火焰不同的区域，面对这些橘子的到来，炉火们沸腾了。有的炉火从煤球孔洞里突然窜出来，猛地摸一下，然后"啾"的一声逃了回去；有的炉火则半含半露，轻抚一下立即缩手，看看没什么危险，就又碰两下，如此反复；还有的炉火胆儿最大，既不靠孔洞的遮掩庇护，又不屑进行反复的刺探打听，直接顺着炉胆壁与煤球的夹缝中蒸腾了上来，奔放而热情地拥抱着新的朋友。深红色的、蓝绿色的、粉红色的火苗们顺着煤球往上爬，把煤球都踩白了。

太热情了，橘子们不乐意了，本来水润润的脸渐渐都皱起了眉头。如果继续热情太过，她就会黑脸给你看，这时候就得给她们换换位置，或者翻个身儿了。趁母亲忙着做活，我都会抢过筷子，给这个翻翻，给那个摆摆，有时调皮起来，直接用筷子夹起一个橘子悬在火上烤，感觉自己是个手艺高超的大厨，逗逗火苗儿，抛个空中翻，啪嗒一声，掉了下去。幸好她已经被烤软了，只砸起了几点火星。火炉旁我和弟弟在守候，头顶上昏黄的灯光照在炉火上，火光又熏热了橘光，带着热度的橘光映射在我俩的脸上，黄红发亮。

这样的守候太焦急了，拿起筷子再试探性地按一按、压一压，感觉有点儿迫不及待了。忽然一股甜香绽放，弥散在空气里，终于熟了。我和弟弟也不怕烫，各自夹起一个放在手上左颠右颠，颠得凉一些再用两手捂住，暖一暖手。忍不住了，开剥，烤熟了的橘子蒸发了水汽，皮儿变得很薄，轻轻一撕就剥开了，还带着热气。吃起来也已经没那么酸涩了，热热果肉，晶莹剔透，由酸转甜，舌尖上传来了温度。现在想起来，唯一遗憾的是只记得自己和弟弟吃，而忘了父母吃烤橘子的样子，也许，他们根本没吃吧。

夜，真静；炉火，真温暖；吃烤橘子，真是幸福。

炉火边的烤橘子，就是我的乡愁。我的乡愁是可以捧在掌心里看的，是可以拿到鼻子下闻的，是可以放进嘴里品的，是可以印入心中温暖一生的！

我有乡愁是幸福！乡愁不是愁，没有乡愁才是愁！

母亲琐忆

吴宗琦

母亲出生于上个世纪三十年代的上海，七岁丧母。

说起她的母亲——我的外婆，母亲的嘴角每每挂着一丝掩饰不住的甜蜜。其实她对外婆的记忆想必已经模糊，可她偏偏清晰地记得外婆在得肺病前的日子里，坚称将来要送她去念书，让她成为一个受过教育、有文化的女孩子。那个年代，女孩子能上学受教育是一件不大平常的事。母亲幼小的心灵里对生母的印象大至如此。我从未见过亲生外婆，哪怕连一张照片都没见过，想象中她一定是个善良而有见地的女子。

后来有了继母。母亲和继母相处虽无大的争执，用她的话来说，却终究"隔了一层肚皮"，少了生母的那份天然的母爱。及至我自己做了母亲，才真正体会到这种本能的爱，视孩子为自己身上掉下的肉。自己的肉，是血脉相连的，旁人再有爱心，总无法连通，往往还堵得慌。

也许是母亲七岁之后的这种缺乏，导致了她一生难以正确地表达她的情感，或者说她习惯了压抑自己的真情实感，而用

120

一种相反的方式来处理与别人的关系。

母亲自幼长得矮小，相貌平平，肤质尚可，排行老三，小名"三囡"。上有姐姐和哥哥。大姐很小就夭折了，哥哥长得高大端正。在那个重男轻女的观念特别盛行的年代，母亲自然就备受歧视，令她常常觉得自己是家里多余的一个包袱。

在战乱的上海，外公曾开过米行，做着小生意，一家人温饱尚可，但母亲上学只勉强读到了相当于现在的初中程度。母亲虽是在那样的环境中长大，却养成了倔强又不服输的性格。没有花容月貌，上天却赋予她敏锐的头脑。在新中国成立后，她成年以后，自发去读了夜校，把文化水平提高到了相当于现在的高中程度。在五十年代，一个女子有高中文化已是令人敬佩的学历了。

母亲对教育的重视延续到了她的下一代身上。我们兄妹三人陆续上大学的时候，家里的经济状况非常拮据。母亲常常反复对我唠叨："供你上大学，就算是最好的陪嫁了。"

做父母的，常常将自己人生中因着各种原因没有实现的愿望，不自觉地让自己的子女去实现。一代又一代人，都不经意地在重复着上一代人的活法，只不过是在不同的时空里面，以不同的方式演绎着。我们又何尝不是如此呢？千辛万苦，漂洋过海，为着心中向往的更好的生活，为着下一代受到更好的教育，心甘情愿，在异国他乡忍辱负重，承受着第一代移民的孤独和艰辛。

在我年少轻狂、意气风发的少女时代，自以为懂得母亲这

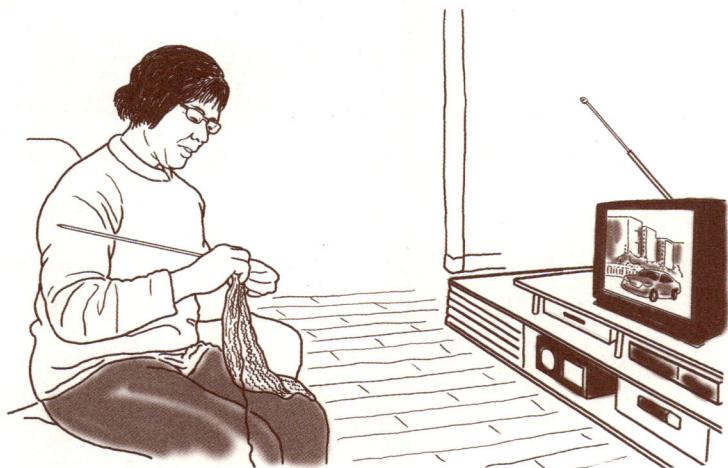

番话的爱意。现在想来，当时如何能体会父母身上的重担、生活的艰难？

母亲在一家棉纺织厂财务部工作（后来下放到车间劳动），父亲在银行工作。两人都拿着固定工资，在当时的社会，属于中等水平。母亲常常乐观地说："比上不足，比下有余。"在她的精打细算、勤俭操持下，家里还算温饱有余。母亲非常节俭，从不给自己买新衣服。为了节省开支，甚至还自己动手，拿着纸样比划着裁制衣服。直到老了，衣橱里挂的，还是几十年前的衣服，她总是说，"这又没坏，还能穿"。母亲的一副毛线针，冬天总是不离手。每天晚上打开电视，母亲就开始边看电视，边织毛衣。由于高度近视，她看电视时总要紧挨着电视机坐着，打毛衣也总是把头低到快贴着毛衣了才能看清。直到现在，母亲那辛劳的模样依然清晰地历历在目。每念及此，潸然泪下：慈母之心，何以相报？

在我小时候的印象里，母亲没有应付不了的困境。她常挂在嘴边的话是，"船到桥头自会直"。在我眼里，母亲好像天不怕，地不怕，什么事都难不倒她。在那个凭票过日子的年代，由于我家烟民少，每月烟票会多出来，母亲就攒着，等到有乡下来的小贩挑着鸡蛋沿街叫卖的时候，母亲就找他们论价，用烟票换鸡蛋。那时候，一篮子鸡蛋可算是奢侈的补品了。

母亲在棉纺织厂工作，自然对布料很在行。每次随她逛布店的时候，她只要拿起布料的一角用手一摸，便能大概知道那是什么材料织成的。小小的我觉得好神奇呀，着实佩服母亲。

她常常边摸着布料边教我，要学会选择质地纯正的布料，不要被花纹图案吸引而忽略布料的质量。现在想来，这大概是我人生的第一堂启蒙课。母亲教会了我做人要重内在的质量，而非外在的形式，待人处事亦是如此。谁料想这竟奠定了我一生为人的基调。

母亲为人正直，从不说假话。这导致了她在工作场所常常因言语太直太真而得罪人，以致人际关系总处不好，母亲因此也受到一些不公平的待遇。她在外面受了气，就免不了在家里发泄，这成了她致命的弱点。她也因此积郁成疾，患了慢性胃病。小时候，每逢母亲胃病发作，我就非常害怕。那种痛苦的呻吟声让我觉得说不出的难受，心里为她着急，又不知大人们会如何处置，既无奈又无助。

记得大概是小学二年级的时候，不知为什么，我心里开始有些明白母亲的爱，每天傍晚我会走出家门几十米远的地方去等她回家，为的是要看到她意外惊喜的表情。每当看见母亲远远走来，脸上露出笑容时，我就特别得意，好像收获了幸福。这种心血来潮的举动，大概持续了一段时间。幼小的我心里感觉自己长大了一些，特别高兴。后来我还在作文里写上了母亲如何操劳，为我们洗衣、做饭，我如何感受到母亲的爱等等。作文簿凑巧被母亲看见了，她读了之后，开心地笑了。

如今我每天下班回家，有时车刚在车库里停稳，女儿会早早地在门口迎我，我就故意夸张地露出惊喜的表情，她那灿烂的小脸就会漾起甜蜜满足的笑容。于是，少不了母女拥抱、亲昵一番。原来，在爱里面，成长的轨迹是如此相似……

母亲一生少有爱的语言，也算是那个时代、那种文化的特征之一吧。心里有爱，却从不在嘴上表露出来。然而命运奇特的安排，让我在异国他乡认识并归入基督的名下，每天用爱的言语来浇灌孩子们心中那颗爱的种子。相信有一天，它会发芽，开花，结果，那影响之深广、之久远，超出我的想象。

母亲之离世，于我，仿佛生命的一部分已随她而去，流水般消逝……岁月的筛子滤尽了不悦的碎渣，留下的竟全是温馨的回忆；而且这回忆随着时光的流转，被自己用爱的画笔又从头到尾添描了一遍，显得越发可爱了。

母亲，安息吧。女儿身在异乡，您晚年时未能在您床前服侍，尽到孝心，是女儿终生的遗憾。但您可以宽慰的是，您的质朴、单纯、真挚、正直又坚韧的品格，已经融入女儿的血脉里，也将被一代一代地传承下去。

乡关何处

李向伟

日暮乡关何处是，烟波江上使人愁。

——崔颢《登黄鹤楼》

在我将近六十年的漂泊生涯中，曾经因为升学、晋职、调动等等事由，填过无数次"个人履历表"。表中"籍贯"一栏，必定填的是"山东济南"。济南是我的故乡，是我的祖辈、父辈曾经繁衍生息、发展迁徙的起点，这是我记事以来即已牢固确立的观念。数十年来，随着命运的漂泊，我到过许多地方，然而无论此生置身何地，在我的意念中，地图上标着"济南"的那一个点，始终是我生命坐标的原点，就像牵着风筝的那根线，绵延千里万里而始终维系着的那一个根基。人，或许因为有了故乡，他才可能在面对诸如"我们是谁？我们从哪里来？到哪里去？"这样的诘问时，心灵依稀有所依托，不致乱了方寸。

在我童年的记忆中，故乡朦胧而美丽，像一首古老的歌谣。然而，时隔多年，如今要我确切地描绘出她的样子时，那些记忆的片段又变得扑朔迷离起来，像梦幻中飘忽不定的影像，难以捉摸了。我唯一能够确认的是，我们家住在天桥区宝华街永康巷。那是一条窄而深的老巷，巷道的两壁，是低矮简陋的平房。沿着巷子往里，走到挂着 16 号门牌的大门前，推开吱呀作响的木门，便是我们家的宅院了。这是一座典型的北方四合院。据父亲回忆，早在上个世纪三十年代日寇还未占领济南前，爷爷便领着父亲和二叔在铁路上谋生了。爷爷是电机匠，而父亲和二叔刚刚十五六岁，干的是擦车夫。那年月，干铁路挣的是"袁大头"（银元），端的是"铁饭碗"，虽然苦点累点，在别人眼里已经是令人羡慕的职业了。就这样，几年下来，爷儿仨用辛辛苦苦挣来的血汗钱，省吃俭用，买了块地，盖起了这座四合院。

爷爷去世得早，五十年代初便病逝了。我只依稀记得他是个乐呵呵的胖老头。到我确切记事的五十年代末，这院子大抵还保留着如下的格局：北屋一排五间是堂屋和奶奶的住房。每年假期，我们兄妹随父母来济，也都挤住在北屋里。南屋和西屋分别住着姑奶奶（爷爷的胞妹）、表叔和三叔。东屋一排四间似乎租给了别人。院子当中一棵两人合抱的大槐树，枝叶遮天蔽日，给这院落带来荫凉。虽然我们每年探亲时总是局限在寒暑假期内，未能赶上相宜的季节，但我仍能想见，春末缀满枝头的槐花和盛夏的蝉鸣给这小院带来的生机。

树荫下的西屋大约是生火做饭的地方。时隔多年，如今我

委实记不起灶台的模样。或许因为那时家境困窘，竟没有像样的灶台罢。但有一样情景，至今忆来仍生动而清晰：夏日薄暮时分，奶奶往往在大树下支起鏊子（一种圆饼形的铁制器具，中间微凸，四边有支脚，架在火上，用于烙饼），鏊子下面是火膛，旁边连着风箱。烙饼时，奶奶一手抓着风箱的推拉杆，另一只手用勺将调好的面糊浇在烧热了的鏊子上。随着奶奶的用力抽拉，风箱发出极有节奏的"呼——嗒——呼——嗒——"的声响，将灶膛里的火苗吹得欢快地跳蹿。火苗在幽暗的暮色里发出耀眼的红光，把整个小院乃至围观的孩子们的脸庞照得通亮。在我们这帮孩子馋馋的目光下，只见奶奶用一只竹片迅速地将面糊均匀地摊开，一瞬间工夫，一张薄薄的带着诱人香味的煎饼便从鏊子上揭了下来，递到我们手里。时至今日，童年记忆中的煎饼、大葱和香椿芽，连同那小院中的风箱和炉火所构成的画面，仍深深地烙在我的脑海中，历久弥新。借用现代图像学（Iconology）的术语来说，这些图像已然构成了我的"故乡"的符号代码，浸透了我有关故乡的视觉、听觉、触觉、味觉的感性记忆，使得"故乡"这个抽象的名词变得具体而温馨。

然而，那一段美丽温馨的日子并不长久。大约一两年后，奶奶便去世了。她死于三年自然灾害的饥荒年月。那几年，农村里饿殍遍野，城里人也早已吃不上煎饼。我的母亲偏偏又遭遇流放，去了异地的劳教农场。无奈之下，只得由奶奶照顾起我们这四个没娘的孩子。为了喂饱我们，奶奶想尽了办法，把一切可以填饱肚子的东西都弄来充饥。在各种野菜中，扫帚苗、马齿苋、地地皮、榆树钱等等，已然是上等的美味；而那雪白的槐树花拌上一点面粉蒸熟后，则几乎是野菜中的极品了。然而，就连这样的野菜，奶奶也舍不得吃。她把仅有的一点口粮和各种野菜巧妙地搭配，喂养我们这帮嗷嗷待哺的孩子，而她自己却吞咽一些几乎无法下咽的杂草和树叶。我曾经尝过她吃的杨树叶，那叶子经蒸煮后滤去苦水，仍苦得无法入口。至于酱园店里包咸菜用过的枯荷叶，嚼在嘴里则完全像是干柴禾，扎得口腔和喉咙生疼，更无法下咽了。

奶奶弥留之际，我们随着父母排队到她的病床前，让她看最后一眼。临死前，奶奶的神志依然清醒，只是面容极度枯槁消瘦。她用不舍的目光逐一抚摸着自己用生命养活了的儿孙们，目光中似有几分欣慰和无尽的牵挂。当天夜里，她便撒手人寰。据说，她死于"烂肠瘟"。现在想来，那疾病背后真正的死因，当是饥饿无疑。那段日子虽然艰难苦涩，然而，亲人们生死与共相濡以沫的亲情却格外温馨浓郁，至今思来仍令人热泪潸然。

多年以后，我因为公务出差，常常往返于京沪线上。每当车过济南时，我总是难以抑制心中的激动，因为我深知，那车轮碾过的，正是我这游子魂牵梦绕的故乡。有时，夜行的列车会在济南站小停片刻，此时的我便会迅速从车上跳出，利用这宝贵的三五分钟，在空寂的站台上走一走，站一站。别人哪里知道，那是我在刻意地用双脚亲近我故乡的土地呢！有时，我还会在站台的售货车上买上一袋煎饼，带给离家多年、千里之外的老父亲。我想，这煎饼的滋味，怕是只有我和父亲品得出的吧。

时光像流水一般逝去。转眼到了2010年。

在过去的五十年中，故乡济南和中国所有的城乡一样，经历了巨大的动荡与变迁。据说"文革"期间，我们家的宅院因无人照料，一度被没收充公，那院里的住户也都换成了不相干的陌生人。"文革"过后，政府虽返还了部分住房，但三叔在办理相关手续时，仍费尽周折，并且和赖在老宅中既不肯搬迁又不愿缴房租的住户发生了一些纠纷。至于返还的过程及交涉的细节，远在千里之外的我们均无从得知也不愿得知了。我所知道的家族中人员的变更的情况大致是：自1961年奶奶死后，二叔、三婶和五婶又相继故去。去年底，我在美国时又突然接到母亲的死讯，这令我在痛感"子欲养而亲不待"的遗憾时，又深切感受到生命的无常、无助与无奈。

母亲去世后，撇下了年近九旬、多病缠身的父亲。悲伤与衰老令父亲的记忆力迅速退化，以至于常常才放下饭碗，便记不起刚刚吃过的东西，有时甚至连孩子们的姓名也叫不出了。然而，令人惊异的是，虽然父亲的意识日渐模糊，但他对早年故乡的记忆却格外清晰，常常会用含混不清的语音，断断续续地向我讲述关于济南的那些人和事。说到动情处，他那久无表情的脸上竟会漾出天真的笑容。

一天午后，我用轮椅推着父亲外出散步，忽然他没头没脑地问了我一句："奶奶是死在北屋里的吗？"我知道，他那思绪又飘回到五十年前的故乡了。我心里明白，风烛残年的父亲已经来日无多，他对故乡与日俱增的思念或许正是中国人"叶落归根"心理的顽强显现。而眼前明摆着的现实是：年老体衰的他，此生已无法回归故乡，更何况，乡里已无故人。所谓"故乡"，不过是暂存在活人记忆中的一种心理图像，一种游子欲归而无从归去的夙愿罢了。

说来奇怪，人的生命意志的不可理喻，往往会使渺茫的夙愿化作不可遏止的现实力量。终于有一天，我瞒着父亲，怀揣着寻根的渴望，怀揣着对故乡的思念与久违了的好奇，踏上了北去的列车，决心专程去寻访一次我的故乡，用眼见的现实来印证一下那尘封于历史中的梦境：那深巷，老宅，大槐树，以及风箱、炉火与喷香的煎饼……

列车尚未驶进济南站，我便急不可待地趴在车窗上，凭着记忆和对方位的判断，向北眺望，努力搜寻着一切可能与我的祖父、父亲相关的物事：天桥、面粉厂、电务段……那些听父亲说起过的地方，至今建筑物依稀可辨。车一停稳，我便急切地冲出车站，叫上一辆出租车，直奔宝华街而去。然而，虽然寻根心切，我心里却有几分明白：在经历了五十年的沧桑巨变，尤其是近三十年的大拆大建后，那些街道和建筑一定是大变样了。这样想着，心里的期望值也打了几分折扣，心想即便能看上一眼那破旧的宅院，拍一张照片带回去给父亲看看也行，好歹可以对父亲的思乡之情有一份慰抚与交待。

我正胡乱想着，司机已经转过几条街，将车停在一座高架桥墩前，说"到了"。我下了车，站在桥墩下举目四望，眼前的景象令我惊愕而茫然：头顶上的高架桥如张开的巨伞，遮蔽了天日；高架桥的下面，在我眼前铺展开的，只有一片空旷平坦的荒原。令我惊异的是，那荒原上铺着的似乎并非草木或土壤，走近一看，方知那是一大片瓦砾和废墟！问了路人，才知道，由于城市的改造与扩建，宝华街以及周边的几个街区已经于去年拆迁了。

原来如此！此刻，我终于明白了眼前的事实：原来，在这片瓦砾的荒原上蜿蜒穿越的那条小路，就是我魂牵梦绕的宝华街！而当年的那些街道、院落和大槐树……早已荡然无存！呜呼——我生命坐标中的那个原点，我的祖辈、父辈的生命故事曾经在此演绎过的那个故乡，就这样从现实的版图上被连根铲除，不剩一丝痕迹！

我瞥见不远处有一座孤独的建筑，兀自立在废墟的边缘，看去像是拆迁办的留守机关。走近了，才看清那门口的牌子上写的是"宝华街居民委员会办事处"。心有不甘的我怀着忐忑的心情，敲开了办事处的门，接待我的是一位四十出头的妇女主任。她听我说明来意后，操着一口乡音浓郁的济南话，向我大致介绍了街道拆迁的背景，以及我家宅院在"文革"中失而复得的经过。末了，她还不忘好意地提醒我："你若想继承或分割房产，可以跟你的叔叔去商量商量……"云云。我急忙摆手说，自己绝无"继承或分割房产"的意思，只是遏制不住思乡之情，来寻访一下故地而已，一面这样语无伦次地解释着，一面慌乱不迭地逃离了她的办公室。出得门的那一瞬间，泪水却已模糊了双眼。

返程的列车在夜幕中穿行。我躺在车厢里，辗转反侧，听着车轮撞击铁轨发出沉闷而单调的节奏，心中弥漫着无尽的悲哀。我万不曾料到，我的寻根之旅会以这样的结果划上句号。而我也终于意识到：我们所谓的"故乡"，不过是祖辈父辈们在生命迁徙的旅途中偶然歇脚的一个驿站，为了繁衍生息，他们或许会在这驿站旁临时搭一个窝，进而演绎出一段丰富鲜活、刻骨铭心的故事。那些故事随人而生，随人而逝，也许原本和那地域版图上的名称并无多少干系。如此想来，我们每一个人竟然都是无根的游子，所谓"故乡"、"籍贯"之类，也不过是些虚幻的概念罢了。

问题似乎有了答案。然而，这样的答案并不能填补我心中巨大的空洞，疗救我无尽的悲哀。随着列车均匀的晃动，我不知何时沉沉睡去。睡梦中，那故乡宅院中的风箱和炉火又在眼前飘忽、闪烁……

我的乡愁·在南京西站

陈静美

乡愁，是什么？仁者见仁，智者见智。我认为，乡愁是让人刻骨铭心的地方；是让人无法忘怀某些印记和情感温暖的地方。对我来说，我的乡愁在南京西站。南京西站总是让我生发无限的乡愁。

人们在使用城市与建筑空间的同时，还进行着不自觉的情感交流，从而获得喜怒哀乐不同的感受，因为空间是有情的，所以建筑是情的，环境是有情的。从这个意义上说，南京西站承载着南来北往的旅客，老一代南京人、铁路人，还有我太多的情感和愁绪。如今，百年老站已经华丽转身，怎不让人产生"相见时难别亦难"的伤感和伤愁。

作为八十年代初入路的铁路客运人，南京西站无论是她的欧式站房、铁架雨棚，还是圆形廊柱抑或斑驳的铁轨，都镌刻着我无法忘怀的印记和温暖。在这样一个情感空间和人生驿站里，我见证、亲历和感受了许多动人的瞬间和故事。

每到节假日，西站的月台把生命的恋歌，书写得分外旖旎

动人。爱情、友情、手足情、骨肉情、相逢情、离别情……千姿百态，点点滴滴汇成纠缠交错、百转千回的诗意人生。我和先生恋爱那会儿，他正在西安军校上学。于是，每年寒暑假，西站成了我们"久别重逢"和"十八相送"最美丽的鹊桥。每次接车，列车缓缓进站前，车灯闪亮的光束，好似爱情的火焰，燃烧在心中，灼热在脸腮；每次送别，西去列车汽笛的鸣响，总会牵动我的离愁别绪，那一刻，站台轨道边的信号灯就像我深情的目光，一直伴着他远行。

平常的日子，无论西站的候车室，还是车站大门口、出站口，也能让我体会到人世间"但愿人长久，千里共婵娟"的美好企盼。

南京西站这个情感空间不仅留下许多名人的足迹，也成为众多摄制组的外景拍摄地。1998年，北影厂选中南京西站作为影片《非常爱情》的拍摄地，上级通知我协助完成拍摄任务。我作为文艺青年，接到任务很是兴奋，这一方面源于我对导演吴天明的欣赏和崇拜，另一方面源于第一次亲历电影的拍摄过程。于是，我除了按摄制组要求收集了十多套八十年代初的蓝色涤卡铁路制服，组织好群众演员外，还担任片中的群众角色——列车员。这部电影是根据真实故事改编，说的女主角舒心多年来照顾因意外成为植物人的男友，用爱心唤醒爱人记忆的故事。男女主角的扮演者分别是柳云龙和袁立。在西站拍摄的是家人满心欢喜送男主角田力乘火车去北京上学的镜头。那次西站外景拍摄，铁路人的积极支持配合，给摄制组留下了极好的印象。拍摄结束，导演吴天明主动和我们在西站站台上合影留念。当电影镜头拉出西站站台送行那段戏，看到银幕上的自己，正在车门口立岗，迎接男主角田力上车，心里有一种"定格在西站"的快乐，感觉与西站的缘分真不浅。

　　改革开放以来，我和百年老站一道见证着铁路的发展。从蒸汽机车粗壮的喘息，到内燃机发出清脆的鸣笛；从绿皮车厢的简陋到空调车厢的舒适；从千篇一律的铁路通勤职工服饰，到多姿多彩的铁路制服；从时速一百公里的普速车到时速三百公里的高铁"和谐号"……所有这一切，如同乡愁，都储存在我的情感空间里，永远清新，如三月的新柳！

除了逃离和怀念，我们还能为家乡做些什么？

张守涛

　　每逢春节前后，总会有一批返乡笔记火爆网络。"每个人的故乡都在沦陷"，而我们似乎除了逃离就只能叨叨地感叹和怀念。

　　每次过完春节离开家乡，我们的心情都五味杂陈，既暗自庆幸又黯然不舍。如同鸟儿，既渴望广阔的天空又眷念温暖的鸟巢。

　　庆幸的是我们终于可以逃离家乡，逃离贫穷、落后的家乡，追寻更美好的未来。我们的家乡似乎都在日益沦陷，乡村尤甚，田园荒芜，乡情单薄，垃圾遍地，山清水秀不再……而等待我们的有"诗意和远方"，有灯红酒绿歌舞升平，有远大前程和美丽爱情……

　　可我们又充满不舍，不舍熟悉、温馨的家乡。那里有生养我们的父母，有珍贵的真情，有美好的回忆……那是我们的"根"，即使再枝繁叶茂，我们也终要"叶落归根"。何况，远方等待我们的还有无数的风风雨雨。

记录家乡

一边逃离，一边怀念，难道我们对家乡只能如此？

不，实际上我们每个离家的孩子，对家乡可以做的都还有很多。比如，至少我们可以记录、写下我们眼中心里对家乡的所见所想，如同最近流传的《一个农民儿媳眼中的乡村图景》《春节纪事：一个病情加重的东北村庄》等文章。

历史的长河由每个场景组成，巨大的中国也是由每个个体构成。记录即写史，我们可以用自己的笔、相机描绘当下中国的农村，刻下底层人民的生存画面，如《一个农民儿媳眼中的乡村图景》作者黄灯老师所言，"这个世界的声音将变得无比悦耳，当像哥哥这种家庭的孩子、孙子再也不可能获得任何发声机会，关于这个家庭的叙述自然也无法进入公共视野，那么，关于他们卑微的悲伤，既失去了在场者经验的见证性，从而也永远丧失了历史化的可能"。

如果我们记录的这些基层声音、身影能引起关注，引起社会反思和政府行动，进而针对性地解决问题，改善乡村，则善莫大焉。

建设家乡

除了记录，热爱家乡的人还可以返回家乡，建设家乡。当前农村弊病主要可归结为农村的空心化，农村人丁稀少。据华中科技大学贺雪峰教授团队调查，中国大约70%的农民家庭选择了一种半工半耕的家计模式，即年轻子女进城务工经商、年老父母留村务农。因此，要解决农村空心化及其带来的诸多问题，就需要农村人丁兴旺。东部发达地区的农村，随着大量外来人口的涌入，不但没有空心化，反而更加繁荣。

当下，已有一些青年重返家乡，通过自己的努力来重建家乡，或发展乡村经济，或丰富家乡文化，或着手基层组织建设。如《南风窗》前记者陈统奎受台湾桃米村"社区营造"经验的启发，开始在家乡推行生态村建设计划。他领着乡亲给博学村搭建民宿，修环山自行车赛道，发起返乡大学生论坛，创立了"火山村"荔枝品牌，期望依靠乡民自己的力量改造家乡，建立有活力、有共识的社会共同体。他还和维吉达尼创始人刘敬文、乡土乡亲创始人赵翼和新农堂创始人钟文彬四个"新农人"成立了 Farmer 4 组合，简称 F4。知名媒体人杨锦麟曾笑称，"这四个男人，一个卖荔枝的，一个卖干果的，一个卖茶叶的，还一个做农业自媒体的"。

"归去来兮，田园将芜胡不归?"当下"互联网＋"的兴盛，农村网络的普及，已经为有志之士建设家乡提供了巨大机会。"农村是一个广阔的天地，在那里是可以大有作为的。"知识青年再下乡将是很快会出现的现象，他们像 F4 一样来自乡村，重返乡村，利用在城市积累的资源和能力来改善乡村，同时发展出自己的一番事业。

反哺家乡

如果不想重返家乡、建设家乡，那我们每个"凤凰男"至少还可以通过自己在城市的打拼，通过自己的财力、知识等来帮助父母和父老乡亲，来反哺家乡，如著名学者熊培云在自己的故乡设立图书馆。无论"孔雀女"们再怎么不解不满，这种反哺是我们的责任，我们不能忘本，忘了从何出发。

如果不想尽这种责任，那我们至少也要过好自己的小日子，不辜负乡村的培养和父母的期望。"心安处即是吾乡"，我们可以把自己现在所在的地方和小家当成自己的家乡，来尽力热爱它改善它。"你所在的地方，就是你的家乡。你怎样，家乡就是怎样。你是什么，家乡就是什么。只要你有光明，家乡就不黑暗。"

如果，连这样我们也做不到，那就再退而求其次，我们总可以建好自己的精神家园吧。家乡除了地理意义上外，还有精神层面的含义，即是我们的精神家园、灵魂归宿。即使外在的我们无能为力，我们总可以拥有一座自己的美好精神家园。

如果热爱家乡，除了逃离和怀念，我们其实还可以做很多。只要我们做一些，再多一些，我们的家乡将不再沦陷。

风来回吹

牛旭斌

你走的时候，地里的草还没有锄完，坡上的柴还没有拾尽，洋芋窖还没来得及打开，水缸还没有担满，牛圈里的粪还没有出出去。

你什么都不晓得，也没有感觉任何疾病的先兆，你还在忙碌中，手里刚放下那把磨得只剩下巴掌大的锄头，你蹲在灶房门口，刚端着一碗热气腾腾的饭，你就什么都不知道了。

你走了的消息，像风吹过一样的速度，很快在村庄传遍。院子里搭起帐子，支摆着酒席的架势，人们闻讯而来，纷纷扛着板凳，大家把院子摆满，支上炉灶和火盆，请来乐师和先生，很熟练地进入最后送你上路的规程。这样的事情你并不陌生，遇到这一天的状况你也早有预计。你静静地躺着，任赶回家的儿女泣不成声，你依然豁然地笑，脸上的皱纹也舒展了，好像所有的劳累与苦辛，

终于在这一天结束，好像多么渴望赶快回到土地中去，终于不管儿女家事油盐柴米了，彻底撒手，扬长而去。

你一辈子说过的话中，"让自己回到泥土"这句话，是你完全实现的理想。其余的，你费尽气力，你佝偻腰身，你昼劳夜作，你都没有实现。就连你终身没有放弃的没有撂荒的荒坡上的那亩山地，你一个人挖了四五十年，四五十个冬种夏收，那些地里的土全部被你牪（打）绵，一牛圈的粪你用一个冬天，全部背到这山地，你托远处的亲戚，试图换了三个新品种，也没有哪一年的庄稼，实现你收成超过一千斤的愿望。没有实现预期的事情还有很多，你打算多种些粮食，用二十年时间攒够一些积蓄，盖一座新房，但你后来发现你攒足盖新房的钱的时候，那钱只能弄个地基打个墙，你接着拼命种庄稼，在夏天过后的田野里套种或者赶茬，拼着命地往山上跑，好像那山就是金山银山，你好像坚信只要你肯流汗，老天爷就不日弄你，就让你有好日子过。等到你再一次攒足盖新房的钱时，盖房的成本已经翻过了三倍，村里人不兴盖土房瓦房了，一座一砖到底的砖房或者二层小楼，你估计一辈子都没戏了。

你的儿子要出门打工，你再没有阻拦，你看着他跟你一样从小在山里，只喊过牛，握过锄把杠头的技术，到外面的世界去能否混一口饭吃？多少个晚上，你根本睡不着觉。你一直在想着去远方的路到底有多远？火车把他撂在了哪一站。在透过窗缝的月光里，你猜测儿子在哪里落脚，有没有睡觉的地，找没找下把稳的可靠的活计。

白发从后脑根，像春天的韭菜满头发上来时，你坐在村口大核桃树下的木头上，对别人讨论的那些陈芝麻烂谷子的话题，已不爱应答，你不想说话和再发表那些种庄稼的体会、经验和理论。你附和着满村人叫你"三爷"的问候，顿然发现自己的生命已经到了秋天。

你张罗着儿女的婚事和提亲会亲，四下里的攒劲女子和后生你都打问了，来自亲戚们的各种各样的讯息雪片般，传到你的耳朵。你走在街上赶集去，认识你的人都问娃娃的婚事定了吗？啥时间喝喜酒？你一方面的热情，根本没法传到不知在哪一个城市的儿女跟前去，他们是在天涯还是海角，还有没有顾上说个媳妇、找个下家这么重要的事？你心存疑虑，只能盼过年，雪下得越来越大时，你的心情就越来越好，等到一家人团圆了，你就要把这想了一年的事情，当个事情好好说清楚、定下来。从此，外面能挣多少钱，你都不想让儿女们去了，太操心，没准信，你总听说下庄的壮娃，压在了煤矿下，回来的人里面有的缺胳膊少腿，邻村的二狗子打工两年多了都没结到工钱，老板跑了，还有一些盖楼的，盖到一半停工了，发不出工钱，熬不住的时候还没到秋天就卷铺盖回来了。

这些消息，改变了你一到天黑累得就睡的习惯。

此后的多少年，你带着孙子满村子转悠，内心里满腔自豪，儿子儿媳妇们都在外地，打工挣下的钱给你把生活费打在卡上，你也有了手机，每天可以给他们打电话。你隔一段时间，打开锁在柜里的盒子，拿出那张比扑克牌还小的塑料卡片，去一趟镇上，从那里面取一些钱，供孩子念书和花销。村里人都羡慕你，一辈子的好运程。

你活在被人尊敬的目光里，一样去山谷挑水，去坡上拾柴，去街上买回来油盐柴米。一辈子自食其力，从来不给别人添负担。你带头在村子里缴合作医疗、缴养老保险，你从未向村上乡上去要一袋救济粮。坐在村头的一些人骂社会不好，年轻人都跑光了，这村庄都死悄悄了。你说，我们守着吧，苦日子苦过，穷日子穷过，好日子好过。

说完这话，你回家了，很少去那村头闲坐。你也知道，满村庄里找不见一头牛了，也没有几间猪圈，就连最后的磨坊都拆了，种粮食的人种不动了，庄稼地断茬了，撂荒了。你周围厮守了一辈子的好邻居，暗地里整了一辈子人、干了一辈子仗、勾心斗角累死的生产队长，那些旧仓库、土房子都垮了，人都不知去哪儿了，大门敞开着，院里的落叶朽了一地，苔藓悄悄楚楚地爬上墙，雨水泡落的土墙还有半截子，瓦都烂在地上。

你想去摘一个苹果，可那树虽然长粗了，但是死的，树枝干枯成柴。蜘蛛网上不光是蜘蛛，还有很多的飞虫，都在上面安眠。你想看一看放在旧仓库里的农业器具，仓库的门散架了，墙体倾斜了，压塌了，你弯下身也进不去。你回头离开时，发现一只大罐头瓶子做的煤油灯，那是那一年生产队长的分红，乡里发奖的一瓶罐头，吃完后做的煤油灯。你还记着队长家的煤油灯最大最亮，那摇曳的亮光，曾经在多少个夜晚照亮这个小院。多少人每天累死了，晚上还被传唤在这里开会，学政策，扣工分。队长家照不完灯的煤油，暗地里送人被发现，成了传在村庄两三年的绯闻。煤油灯被尘土笼罩，已没有玻璃瓶的光亮。灯捻子焦黑，好像昨晚上还曾燃过。靠墙放着几辆散架的牛车，还有几只车轱辘，有的胎破，有的只剩下钢圈。看来，这些牛车不知干过过去多少不堪重负的活，钢轱辘都能凹下去，变了形。

你闲了就坐在耳房子的屋檐下，翻腾那些曾经用过的农具，把他们擦一擦，渗点油，打掉铁锈。你望着变瘦的它们，眼眶湿润，好好的一辈子，全都耗在这些农具上了。这些东西用不上了，你也就变老了，变成闲人了。你从不逃避这轮回和规律，你也不算时间过去了多少年，你的未来还有多少年，你弄不清楚也不想弄清楚，你见同龄的老伙计就说，你走着早就不是自己走的路。

你老给别人说活着的多余，把自己看得那么渺小而不值。自己的老伙计一个个走掉了，老邻居搬到了离公路离镇子近的地方去了。你的周围只有空房子，听风进风出。晚上的时候，你也不拉灯，满村庄就是高高低低的空房子、空院子，空得人心里发慌，月亮照一会感觉没意思也走了。没有谁愿意再活在这里穷追过去的事情——那年杀了猪时大家围满一院吃肉喝酒的饭香，那年发山洪时满宕沟的石头填满水塘的惊恐，那年耍社火时和另一个村的社火队在街道上干仗，那年找失踪的人在洋槐树林发现时手里还拿着农药，那年留在苹果园的果树上看树的果实，那年背到街上没人要的红萝卜倒在河里朽了没有？那年多撒在坡地里的种子鸟儿吃过一些了没有？

我回去的时候，你还是喜欢告诉我新的发现。每一场雨后，都会看见院里的青苔，又比过去浓密。放在屋檐下的烂木头，还是长出了大朵大朵的木耳。每一场风过去，碧蓝如洗的晴空上，一定会剩下几朵胖胖的云，或者几缕如丝的云，黏在天上，不让蓝天干净。每一年过年，也都会听见老人走了的讯息，人们带上香蜡纸，给他们坐纸（守孝）。

你去山谷里挑水，那是饮用了一辈子的血液，但望着开山炸石的败相，这些水越来越小，慢慢都不能接济剩下的为数不多的老人们的生活了。望着家家户户门前自来水的水泥桩，那满村庄的交织的水管水网，像那一年挖掘机埋过去纵穿村庄的天然气管道一样，还是指望不上。你说到了什么时候，扁担还是有用的，铁锹还是有用的，水泉还是有用的。

没有什么能够放下。什么能放下你。什么放过了风中的庄稼。远行的人，你们回头，这个村子里，那些沉甸甸的麦穗无人收割，那些满山坡的野菜无人去打，所有的人都想转身就跑，连粮食也不想待在柜里篓里，那些早晨起来的云，也被风刮歪，它们也不想在山沟上空，但一道峡谷，老挡住它的去路，它不能说走就走，拔腿就走。

你感谢山谷，留下了走不动的人们，从这片土地上爬不出去。即使高速公路已经穿过，你赶牛车的技术上不了那路。即使天旱人毁，你身边的泉水，它还没彻底断流。

深长的峡谷，还孕育着我们，关键时刻养活着我们。你放心地去吧，不要强迫远走的孩子还都回来，村庄的未来你也不用担心，什么人还在这里扎根，就还有什么样的生活。爬不出去的人们还在这里同舟共济，喜欢过粗茶淡饭的光阴。

就像你说的，生活从没有亏待你，一样也不会亏待别人。人不是想怎么过日子，日子就是什么样的。好生活是拼血汗拼的，是受委屈受的。

我们递换着抽烟，走不动的时候，蜷坐在房檐下还能看见你带着故事来给我讲，就还是好兄弟。我们在冬天来临的时候，给那一院边的桃树围上秸秆，还等明年花开呢。我们循着炊烟还能吃一顿饭，说明日子就好过着哩。

人的本性是善良的，这就是精神上的乡村，哪怕快到最后时，还这么缱绻。

故乡的炊烟

蒋波

离开故乡很久了，很多人很多事都淡忘在记忆里，但是，故乡的袅袅炊烟，却时时浮现在眼前，挥之不去，那青灰色的烟雾，给我带来温暖和甜蜜的回忆……

小时候在村里玩，往往是玩得昏天黑地地忘了时间，不知是谁说了句，烟筒冒烟了，我妈做饭了呢！于是，小伙伴们会意地一笑，各自散开回家去。炊烟，是回家吃饭的信息，比任何呼唤都来得快。村中的炊烟多了起来，家家户户的房屋上方弥漫着，萦绕着，升腾着，断断续续，缓缓上升。家中，是饭菜的香气，黑黢黢的厨房，一把接一把的柴火，熟悉的大锅，有节奏的风箱声，如一副淳朴自然的画卷，徐徐拉开。欢快的火苗，噼噼啪啪柴禾的燃烧声响，大锅滚滚的热气，母亲映红的脸庞，亲切而温馨的画面，是农村生活的真实写照。烟幕缭绕中，大锅菜，大锅窝头上桌，量大实在，原汁原味，吃起来格外香甜有味道。

离别故乡后，多半是傍晚归家。带着疲惫和劳累，走在乡

149

间小路上。缕缕炊烟，次第升起，对家的渴望瞬间加重，看到家里烟筒涌出的烟雾，仿佛看到了在灶前忙碌的母亲，擦擦汗津津的额头，不时出去看一次，含着殷切的希望，盼儿归。故乡的炊烟，是那样熟悉，那样真实，散发的是浓浓的乡情，温暖的亲情。看到它，就看到了父母充满关爱的眼神，拥着它，就感受到了家的温馨与踏实。

看到炊烟，就好似看到了母亲的身影，看到它，就证明一桌的可口饭菜在等我回家。脚步在加快，一股股炊烟也离我越来越近，炊烟，是真实的也是飘渺的，在迎我回到家中后，它便悄无声息地销声匿迹，随风而去了。留下我和父母团聚一堂，说着离愁别绪，唠着家长里短。

多少年了，那故乡的炊烟，在我魂牵梦绕的思念里，在我独上西楼的思乡情里，那淡淡的轻轻的袅袅的烟雾，占据我心灵的一角，牵引我一次次回到久违的故乡。也曾在异乡看到过炊烟，但总觉得和故乡的炊烟不一样，有点陌生，有些不同，有丝疏远，它只是农村风景图的素描，缺少了灵动和熟稔的感觉，没有故乡的亲切，亦没有故乡的味道。是的，炊烟是没有味道的，但是，我还是固执地认为，故乡的炊烟，有味道，有我熟悉的从小闻到大的无法替代的味道，那是饭菜的味道，母亲的味道，家的味道，故乡独特的味道。

如今的故乡，炊烟越来越少了，做饭都用上了电气化设备，快捷方便。但是，看着闲置的大锅、风箱，往昔一幕幕会涌上心头，炊烟带给我的快乐，永存心底，难以磨灭。

故乡的炊烟呀，你永远在我的梦里，我的心里，我的记忆里。历经岁月的风雨沧桑，蓦然回眸，依稀中，一缕缕炊烟围绕我，亲吻我，欢迎我，轻轻拥我入怀，故乡的炊烟，袅袅升腾，连接我思乡的情思，成为我一生中最美最难忘的记忆，是那么珍贵而真切。

酱油豆

沈成嵩

进入冬季，又到了做酱油豆的季节，妻从自选商场买回来一袋"四川豆豉"，打开一看，原来就是江南水乡原先所特有的酱油豆。待妻子在饭锅上蒸熟，细细品尝，虽然也鲜也香也辣，总感到找不到当年母亲精心制作的酱油豆那样的口味，那样的感觉。

我从十三岁到金坛读中学，十六岁参加工作，几十年来，不管到什么地方工作、学习，母亲总要千方百计给我捎上她精心制作的一大瓶酱油豆。打开瓶盖，就能嗅到那股诱人的香，把肚里的馋虫吊得痒痒的，用它过粥搭饭，根本用不着其他的菜，就能"呼啦呼啦"地扒个两三碗。如果考究一点，用酱油豆炖鸡蛋、炖豆腐，再放上一些小虾米，那简直就"鲜掉了眉毛"，那种鲜味不是如今味精的鲜，也不是鸡汤、鱼汤那种鲜，而是一种"自然鲜"，"叮在嘴上的鲜"，每次吃到酱油豆我就会想童年时母亲虔诚地做酱油豆那种情景。

过了重阳佳节，每当黄豆登场，母亲就到集市上选那种粒大珠圆的绿皮大豆，晚上回来，在灯下一粒一粒上手选，把破皮、荚细、霉籽的全部剔除掉，将一粒粒好豆抛洒在铜盆内。那时，我总是似睡似醒地躺在床上，见房内一灯如豆，母亲的身影在晃动，将一粒粒大豆落进铜盆，敲得叮叮当当，真有"大珠小珠落玉盘"那样的意境。

做酱油豆先要将大豆下锅煮熟，然后撩起来摊放在床上的草席上，上面再盖上一层稻草，并且要经常洒水，保持一定的湿度，促使黄豆发霉。说起来也真是怪事，霉在中国的字典上，总是贬意多。倒霉，触霉头，霉烂，霉变，霉气等等，唯独做酱油豆那种"霉"，是好霉，越霉越起鲜，越霉越好吃，如果酱油豆不霉，这制作就算是失败了。听母亲说，要一直等到黄豆霉起一层层厚厚的"绿毛"，这做酱油豆的"工程"才算是完成了一半。

下酱油豆要过了冬至，交冬才进九，听母亲讲，用"九天"的水下酱油豆才能保证不变质，能贮藏。下酱油豆那天，母亲刷缸、晒缸、烫缸，把锅子洗得干干净净，先煮上一大锅开水冷却，打进一只牛头缸内，然后下盐、下葱姜和红辣椒丝，再下进霉酱油豆，盖上缸盖，用丝绵纸、灰报纸严严实实地将缸口扎紧，埋入地窖，铺上一层厚厚的稻草。做这些活计时，母亲隔夜就洗了浴，并在灶上点了一炷香，从来不要别人插手，"小把戏"不准乱插嘴、乱动手，所有器皿碰也不能碰。母亲说：人身上也有鲜气，要用人的鲜气来吊黄豆的鲜气，人的鲜气就是精气神……这酱油豆埋在地窖内，一直要等到"九九桃花开，紫燕南归来"才能开窖。开地窖取酱油豆，就像农人收获丰收果实那样，母亲总是喜滋滋地第一个揭开稻草，啊，那扑鼻的、不可抗拒的香气从草隙中冲出，那是一种酶经过发酵后散发出的一种酒香、酱香，它和大豆原始的清香混合在一起，组成了一种醉人的香。

新鲜酱油豆做出来后，母亲总要盛上一碗碗，送给四邻八舍，让街坊乡亲也能尝尝她的手艺，听到邻里的赞扬声，见到还来的一个个空碗里的一张张红纸和一只只鸡蛋，母亲像是得到了最高的奖赏。

如今，母亲早已离我而去，我再也吃不到那种奇鲜奇香的酱油豆了。我终于明白了，这香气有大自然的造化，更多的是母亲用她那一颗爱心所精心酿造的啊！

扫二维码，聆听本篇精彩片段配音朗诵（3′05″—8′10″）

薛岗，我心中的桃花源

潘立生

薛港位于射阳河东岸，在阜宁县陈良镇（原陈良公社）西北部。这是个不大的村庄，前前后后大约十几户人家，都姓薛。村子虽小，却竹林深深，绿树环抱，鸟语阵阵，瓜果飘香。村后，一条弯弯的小河，清澈见底，河旁，垂柳依依，不知名的花茂盛地开着。这里，民风淳朴，人文荟萃。在"文革"年代，仍是书香四溢，书声琅琅，人才辈出。

那时，我们陈良中学 1972 届高中班家在薛港的就有五人。兄弟四人，外加一个长辈。除为昶、为春以外，还有为民、为范、其岭。为民是个子最高的一个，白净净的，爱笑；为范长得结结实实、虎头虎脑；其岭憨厚，内向。

那年春天的一个星期天的下午，为春带着一大群同学开进了薛港。有男有女，好不热闹。为春的父亲是小学校长，他家在村子里算是个"大户"，房子是个三合院，三间正房朝南，虽是草房，但高大宽敞。两间厨房朝东，两间厢房朝西。到了他家，可忙坏了为春的母亲，她前前后后地招呼，里里外外地

156

张罗，倒茶送水，忙个不停。邻居见他家来了很多客人，凳子不够，陆陆续续搬来了不少放在院子里让大家坐。里里外外都是同学，大家叽叽喳喳，指指点点，欢呼雀跃。我却被客厅里的几幅字画吸引了，在那里驻足良久。

再次进薛港，是我转学去东沟读书时。我父母是东沟镇下放到陈良代销点的，但我的户口还在东沟，初中时错过了毕业分配，打算高二回老家读书。那时，交通不发达，去东沟要去王滩乘坐小轮船，小轮船天一亮就到王滩，为昶建议我到他家过夜，他家离码头一里左右，很快就到。

那天下午，我收拾了简单行装，和发小周俊傍晚时候来到了薛港，夕阳西下，袅袅的炊烟已经升起，花香鸟语，鸡鸣犬吠，愈发显出这个村庄的静谧。为昶家住在村子的最东首，前面是一望无际的农田。面东的三间草屋，收拾得干干净净。一到他家，他的父母便忙碌开了，打开锅，放上水，风箱"呼哧呼哧"地响了起来，水开了，他父亲将几个鸡蛋打进锅里。不一会，两碗热腾腾的荷包蛋端了上来，又香又甜，鲜嫩可口。那滋味，以后的日子再也没品尝过。那晚，他父母将大床让给我和周俊，大床上支着蚊帐，铺着凉席，虽天气炎热，但我们感到凉快惬意。不一会，我们便在这宁静的夜晚进入了梦乡。

第二天天还没亮，我们被"呼哧呼哧"的风箱声惊醒，屋子里弥漫着油香葱花味，为昶父母早就起来，早餐已摆在桌上。

王滩轮船码头，其实是几根木桩和多个装土的草包垒成的一个小土码头，一间小草屋算是候船室。夏天的早晨，天刚亮，微风吹过，码头两边的芦荡发出呼啦啦的响声，芦苇随风摇曳。小轮船到了，我们依依不舍地告别。"枫叶荻花秋瑟瑟，浔阳江头夜送客，主人下马客在船……"以后，每当我吟诵《琵琶行》时，脑海里总是呈现码头送别的那一幕。河岸上虽没有枫叶，但有成片的未成荻花的芦苇。随着一声长笛，小轮船缓缓向前开动，我的眼睛模糊了，在船窗口向岸上两位好友挥手告别，直到他们消失在远方。茫茫的射阳河水，带走了我无尽的思念。

一方水土养育一方人。用勤劳、善良、质朴等等形容词来形容薛港人的精神品质，都不为过。为春为昶兄弟身上的勤奋、善良、耿直，不折不饶、热情好客等品质和个性，一方面是家庭的熏陶，更重要的是那方土地的滋养。以至他们在漫长的人生路上，我们都可嗅到他们身上那泥土的芬芳。

记得2003年阜中80周年校庆，为昶作为专家、学者校友被邀参加校庆活动。那天，我刚从办公室出来回家，在校门口见到他。天哪！这哪是衣锦还乡的博士科技副县长，分明是刚从农田里劳作归来的农家汉子！他风尘仆仆，一身朴素！那时，在县一级，副县长以上，每人配专车一辆，秘书一名，秘书们夹着公文包，跟在领导后面，唯唯诺诺、亦步亦趋。他却独自一人从连云港乘长途汽车回来，亏他做得出来。

快到中午了，我拉住了他，要叫几个同学聚聚，他却连连拒绝。多年未见，我哪能让他走？一手拽住他，一手打手机给为春。那天，在为春的安排下，我们中午小聚，晚上大聚，叙同窗之事，抒离别之情。

薛港，我心中的桃花源！我真想再回去看一看你的模样。可我知道，时隔多年，沧海桑田，昔日的薛港早已不在，你的子孙们已经遍布祖国各地。但，我心中的薛港永在！

乡愁若灯

梅竹

乡愁于我就像是一盏忽明忽暗的灯，回望着我来时的路。

于我而言，故乡不止一个。那历史悠久的淮左名都是我出生的地方，也是我父亲的故乡，应该是中国传统概念中的故乡。可是那运河之都也是我母亲的故乡，是她母系一族荣光和苦难所在，对我也影响深远。还有外公外婆寄居黄土高坡的满面风尘，也在童年的记忆中游荡。而我幼年童年少年岁月成长的地方则是那沪侬软语的都市，以至离开她多年，夜里的梦呓还是呢喃的软语。因此，我的故乡回忆就是五味杂陈了。

淮左名都的故乡印象中最深的记忆是我们住的大院子，应该有四五进纵深，每进住着一两户人家，而在以前听我母亲说也就是住着奶奶一大家族的人，后来我们只守着那一进的门户枕着久远的传说。每到夏天我放假回家，母亲都要去不远的井

160

里打来井水，西瓜放入，凉上一会吃到嘴里就冰甜入心了。那井边一道道的绳痕，让我记住了母亲的汗水，还有历史的年轮。记得街口那家卖牛肉汤的，母亲常常买了一锅回来，再配点蔬菜，一家人围炉而坐，一顿可口的饭菜就滑落胃肠。胃肠是有记忆的，随着掌柜的离世，那个美味至今难寻，尽管他儿子接手，摊位变成了饭馆。更记得那一年暑假归来，弟弟被一辆车撞倒，头部着地，拉到医院做缝合手术，我在手术室外面喊着弟弟不怕，弟弟不疼，内心却为没有看护好他而自责不已。我们从小各自生活在不同城市，互相守护时间不长，向来聚少离多，但是彼此的关心不会减少。三年前，弟弟在我遭遇困境时给我的拥抱也温暖至今。因此，记忆中父亲的故乡给我更多的是不灭的亲情。

　　母亲的故乡去过几次，每次都会记起母亲说的故事：我外婆的父亲是国民党时的县长，解放时差点被杀头，因为全城百姓的跪求，他才免于一死，因为曾外祖父在岗位上尽职尽力，生活中扶危济困，得了民心。外公的父亲毕业于黄埔军校或是保定军官学校（可惜外公有生之年因此吃过太多苦头，一直噤若寒蝉，所以我们至今没有确定），出师未捷身先死，年纪轻轻就英年早逝。外公外婆都是一介书生，自被下放就留守在黄土高坡教书育人恪尽职守。我还记得外婆在她七八十岁时，颤颤巍巍去邮局为远方素未谋面的贫困学子寄去她省吃俭用存下的薪金。母亲的故乡，通过长辈的言传身教，带给我更多的是责任，也将继续接力传给子孙后代。

小时候待的时间最长的那座城市，记忆中最美味的莫过于百货商店门前的面包土司、啤酒杯里的冰镇赤豆，还有那花生酱做浇头的冷面。记得大学毕业后有一年寻到了童年时的商店，那面包土司们已不见踪影，赫然看见初中时的一位同学竟然在柜台后招呼顾客，让我嘘唏不已。红房子西餐厅是我们年少时追梦的地方，时隔数十年，我陪着女儿和好友再去时，恍惚间又看到几个青葱少年扭捏前行、一本正经吃着西餐的场景。也还记得和最要好的同学去南京路千挑万选买好衣服，时隔几天，又一路再去退还的往事。还记得在福州路上的航模商店买航模、《飞碟探索》杂志，在外文书店买字典和参考书籍，那些地方承接了我儿时几多梦想和幻想。现在每年都要去那座城市几次，每次路过曾经学习过、生活过、游荡过的地方，那种既熟悉又陌生的感觉时刻交替。这座城市优雅又市井，浪漫又现实，大智又小愚、奋进又颓唐，诸般味道在我身上也留下了深深的印迹，终身相随。

　　现在我生活在南京，比较来去，还是最喜欢这座古城，这应该就是我精神的故乡。这里的山山水水经历了太多的故事、太多的荣光、太多的磨难，造就了南京的大气、包容和博爱。我的青年和中年终于在这座城市安定下来，有夫可随、有女初成、有亲可伴、有事可做，想来也会在这里安度余生。一路走来，此心安处自是故乡。

扬州花月正春风

震凌

　　我的家乡是座月亮之城。人道是，天下三分明月夜，二分无赖是扬州。五亭桥上满月之时可以看见水面上十五个桥洞里都漂浮着一盏皎洁的月亮。月华如水，照满清湖。

　　扬州是座慢一拍的城市，青砖绿瓦，古城小巷，历史似乎在这里打了个盹，不愿醒来。生命如陌上花开，可缓缓归矣。

　　小时候住在花局巷里，一到冬天，一人宽的巷子里结满了冰棱柱，然后孩子们会双手双脚支撑着墙壁，攀爬到巷子顶上将它们摘下来，或当冰棒一样吃掉，或和小伙伴们当剑一样挥舞互斗。一下雪就呵着手走在圣诞老人白胡须般的弯弯曲曲的小马路上，人们嬉戏打闹，堆雪人打雪仗。而现在尽管高楼大厦越来越多，但厄尔尼诺气候带来的暖冬，使扬城的冰雪渐渐成为记忆之物。以花局巷市中百一店为圆心，扬州市区的面积小到我上小学时就经常徒步丈量全城了，那时上学都是自己走着去，没有什么家长接送，而现在城东到城西开个车也要几十分钟，一到放学时间学校门口就堵满汽车，寸步难行。

花局巷旁边广陵酒楼的汤包和小觉林的麻花最是好吃，再配杯像啤酒一样的麦精露真是赞上天了。那时候还能吃到九如分座的硬炒面，那是用蒸笼蒸出来再用油炸的。那时候共和春还没用地沟油，馄饨里的虾籽多到可以用勺子舀着吃。父母和富春茶社的工作人员甚是熟稔，五毛钱可以在富春茶社打到一饭盒牛肉和其他熟食，一个人搬张四方凳坐在落满积雪的院子里，一边吃一边仰望明月，或者和一群邻居挤在一起看《射雕》。

那时候一到过年，街上就像座死城，走很远也看不见几个人，所有的店铺都打烊了，印象较深的就是没完没了的爆竹声响，雪地里残红无数，一片狼藉。十几岁那年家人都在南京，我固执地大年初三就回了扬州，结果跑遍扬州大街小巷买不到吃的，所有店铺都歇业过节了，差点没把我饿死，也不知后来怎么迷迷糊糊地熬到正月十五商铺开门的。

后来，扬州就慢慢变化了，极速前进的城建之路使那时候的绿水蓝天慢慢换成了污水雾霾，那时候的温情笑脸就慢慢换成了彼此的冷漠隔膜，那时候小城的典雅古朴就慢慢换成了后来的繁华喧闹。

马路宽则宽矣，楼宇高则高矣，却总觉得缺少了些什么，仔细思量应该是自然的生机与灵气。所幸这些年市政规划中环保意识增强，那些绿水碧波又渐渐重新回到了我们身边。

喜欢一个人在古运河氤氲灯光下漫步，这城市这么多人睡了，我却醒着。无雪之冬，花开前夜。

我看见春天是怎样乘着我们的夜梦，潜入大地、更生万物，将一个美丽的城市缓慢而优雅地悄然展现。我看见那些熄灭在上个花季的花之魂魄，正怎样一朵一朵地苏醒着。那些我曾以为一旦告别就永不再来的美丽，不知今夜正为谁独立中宵，含苞待放。

　　万花园是扬州很好的赏花去处。人一生常愿见春风拂花开满枝，不忍见花零落成泥碾作尘。然而雪落无声，花开无悔。当它们绽开的一瞬就已燃尽了一生所有的爱与恨，情与愁。它生命涅槃的刹那，就如破茧的蝴蝶，已完成了生命的升华，这时即便是一朵野花也高贵明艳而不可方物。何况满园春色，花开如醴。

　　同样，一座城市里流动的生命与爱情也正是一朵朵秋去春来的花魄，在似水年华里静静绽放。这城市里每一盏灯火的背后都有一个家庭的悲欢故事。这座出过史可法、朱自清、扬州八怪的城市，那些名字、那些风骨已经和这城市合二为一了。

　　人类改变环境，环境同样也会反诸于人类自身。善待环境、善待自然就是善待我们自身。根据物质守恒定律，我们消耗的一切只是改变了结构转化成另一种物体，一点也不曾损失，你若在一个地方失去过什么，总会在另一个地方得到。那么，我们的爱与生命大约同样如是吧。今冬无雪，来岁有花。在某个春风化雨的晚上，你会惊喜地发现有一朵属于今春的花，又绽开在那曾落满雪的枝头。人生得失不过如此。

　　还记得宋人的吟唱吗？——

海棠花已谢

春事无多也

只有牡丹时

知她归不归

　　我们只须等过那个冬季，然后总会在这个春天，见到开放在尘世中最美的花。而被这些花海包围的城市无疑也是最美。那些徜徉在花海的市民们一定也是最美的。

　　一位妙僧曾言道：这世上没有一朵花，是无缘无故盛开的。

　　一花一世界，每朵花都是一个故事，就像一段情、一个生命都是一个人世间传奇。生命如白驹过隙，电光火石。今夜我们幻化作人形，流连于鸳鸯蝴蝶、风花雪月之间。多年以后可能我们的形体就不存在了，或化作鸟语花香，徜徉在别人的悱恻缠绵的故事之中，或化作清风朗月，围绕在同样独一无二的新生命旁。而走过秦砖汉瓦、看过唐宋风月的扬州已经建城超过两千五百年了。千年明月，犹照今人。

　　城市建设，环保先行。唯愿扬州的施政者们谨记绿色扬州，环保扬州，做好环保公益，让我们的子孙后代能在一座空气质量优良的花园城市里繁衍生息。毕竟多年之后人们未必关注这城市得到了什么，而是更记得这城市曾失去了什么。

　　一花一世界，愿天下有情人善待每一个生命，每一片情，每一朵花。记得绿罗裙，处处怜芳草。那么雪落雪霁，花开花谢，情生情灭又如何？推窗望去，花月相映，良辰美景，美不胜收。

生于斯，长于斯，歌哭于斯，每一个人都有自己的精神家园和故土乡愁。

推而化之，不管平凡或伟大，永远要记得在这鸿蒙宇宙中有一颗蔚蓝色的星球，爱它，珍惜它，守护它吧。那里，才是我们全体人类最后的家乡。

他乡忆故乡

天然

故乡？嗯。

当我打开谷歌文档，用简体拼音输入一个个汉字时，自己看着都觉得似乎有些陌生。自从高中上了国际班以后就再也没有好好写过从主观出发的中文文章了，不免有些怀恋，提笔又有些踌躇，遣词造句还颇有些犹豫，不知道下一次用母语写文章又会是什么时候了。

对我这个95后的人来说，"故乡"二字未免有些沉重。生在南京，长在南京，记忆中的南京的确有些变化，但又好像一直没变。十多年前家住十八楼，从窗户望出去能看到无边的天际线，望远一些还能看到长江，像如今这般密密麻麻的高楼大厦自然是没有的。来到加拿大后，总觉得某些地方有些奇怪，经同学提醒以后，才发现又能看到无边的天际线了。天空重演了《敕勒歌》中的"天似穹庐，笼盖四野"的场景，总让我感觉它仿佛在一直往下坠，离头顶特别近，有些儿时天空的模样。同样还是十多年前，家旁边的街道有很多小吃摊，印象最深刻的就是虾皮小馄饨和活珠子了。一碗皮薄又长、肉鲜又多的迷你小馄饨，撒上榨菜、虾皮、香葱、蒜，白胡椒粉等调料，再加上辣油和荷包蛋，埋头就吃，没有二心，仿佛两张木质长桌和八个长板凳，就可以满足周围几百家人的口腹之欲。而活珠子和旺鸡蛋的味道至今想来不但没有噎怪①之感，反而更加怀恋。一群人一人摆个木质小板凳，围着一个周围是鸡蛋、中间是灰灰的盐巴的炉子坐下，眼巴巴地等着老板煮好，端个盆子撒好盐巴就开始剥新鲜出炉的鸡蛋，将鲜香的汁吸入口中，才开始有一搭没一搭地聊起来。吃不下了就拿个透明柔软的小塑料袋，把盐巴和鸡蛋装回家去，夏日傍晚的风中似乎都有了散漫悠闲的味道。可惜的是，长大以后吃过再多的美食，坐过人再多的餐桌，都很难找到那时的鲜香和氛围了。小学三年级时搬家了，尤其当初中搬到了新城区后，小区旁边还是小区，街道宽敞明亮，规划得井井有条，但竟再也没有见过那样的热闹了。

　　你看，就我这个吃货来说，对故乡记忆最深的就是丢失的美食了。遗憾是遗憾，但事实上，我记忆中的南京，外在是改变了，高楼大厦变多了，城市设施越来越上档次，在我心中，它却并没有太多变化，还是那样不骄不躁。也许，这"没变化"是因为我只见证了这座城市的十八年。也许，是因为当局者迷，我已经习惯了这种种变化。也许，是因为这座城市里的

---

① 南京方言，指有点恶心，不能接受。

人没有太多改变。又也许，是因为我自己的心并没有太多变化。当一个人的心足够强大，外在的改变又能引起多少涟漪？可能对很多人来说，故乡二字代表的的确是美好的回忆。对我来说，美好的回忆代表经历过，可以放在心中欣赏，但过去与现在并不能拼个你死我活，分个黑白分明，评个谁好谁坏。就好比我对加拿大与对中国的感觉。在加拿大，自然和人文环境都很适宜人居，但自己内心的空虚，大概是要故乡才能弥补的。对一个人来说，也许当下才是最重要的吧。去感受、去拼搏，大概比呆在怀恋中不肯走出更重要吧。

不知不觉写了一千多字，肺腑之言，自然顺畅。这可比英文好写多了，我黯然神伤（此处应该有个假装极度悲伤的表情）。

完。

……

你以为这就完了？

祝我明天的期末考试顺利吧。

冬至日．气温二十四度

初玫

十二月，冬至日。

这里不下雪，无冷风，气温二十四度。

穿着短裤衬衫，走在人潮拥挤的街道上，市中心开始有带着鹿角唱圣诞歌的街头艺人了。手机里提示的消息：冬至日，吃饺子暖暖身子吧。

我叫初玫，今年十六岁，来到南半球的澳洲，澳洲南部的墨尔本，一年未满却将至。我的前十五年生活在北半球的中国，北方的城市，其名大连。

今年一月份，我与父母以及三岁的妹妹来到这个南太平洋另一端的城市，这个温润和善、冬季无雪的城市。那天下午三点的飞机，我本以为将会有一场轰轰烈烈的送别仪式，就如同所有的电影戏剧，来一次泪水溢满眼眶、痛哭流涕相互拥抱的道别。然而，那天学校正常上学，我也只好揣着平静和漠然踏上了那架飞机，就像去一次旅行，两个星期之后还会回到这个城市，继续考试和作业铺满的人生。

十五个小时，跨越了大洋，跨越了南北半球的分界线，恰好相反的季节，以及正正好好三个小时的时差。

回想一年之前那个时间，刚到墨尔本，满眼的新鲜，满心的愉悦。带着不真实的一切期待着这个我即将上完高中上完大学、也可能度过我剩下一生的城市。

现在这么快，已经是一年之后了。这一年我读过了语言学校，开始了高中生活。我与当地人能自由地沟通，住在独门独户带花园的房子里，课间在学校咖啡厅买一杯拿铁，穿过一群人去下一堂课的教室，随时可以吃法国、泰国、意大利、越南的餐厅，意面和三明治成为了日常早餐。我终于过上了曾经在电影里所期待的生活。然而却失去了一个旅游者的愉悦和自由，留下一个漂泊者的孤独和思念。

于我，来自北方城市，最思乡时，莫过冬季。

六七月份，大连的盛夏，墨尔本入了冬。也冷，但不风不雪不结冰。

墨尔本不下雪的。每每在百度上看到这句话，心里都莫名地堵着。

大连每年的冬天都下雪，都下大雪。厚厚的一层堆在马路上，早上出门早的话雪还没除干净，留下些冰铺在路面上。开车的人格外注意大路上的电车铁轨，一个不小心便横冲路边，这样的事故每年、每次下雪，每次雪后，都会发生，不止一起，在报纸和电视上频频出现。尤其是我妈妈的娘家那里，那是大连周边的一个小城市。隔夜雪堆到大半个房门高，大清早起来从炉子上带着手套捧过来滚烫滚烫的热水壶往门缝处浇上去。门上的冰一化开，我就推出去，然后整个人冲进雪里。

我还在初中的时候，和一群十岁出头的同学坐在一间教室里上课，窗下是白的暖气，窗外是薄薄的冰花或雾气。数学老师在台上慷慨陈词，半大的黑板密密麻麻爬着灰白的斑点。教室后排小小的声音说，你看，下雪了。一下子溜了号（溜号：东北方言，指注意力不集中。上学期间老师用得极多）。于是，一个一个人一点一点小小的声音传过去，后来整个教室的同学都在躲着老师的眼光，偷偷地去看窗外，一片雾蒙蒙的朦朦胧胧的白，走廊的过道里也传着呼呼的风声。"你，就你来说说这道题怎么解。"我一个人尴尬地愣着，全班都在偷偷笑。

"又下大雪了。手冷得作业都写不了了。"大连的朋友在空间、在微信上发的一条条动态，在冬天最冷的那几日无外乎这些内容。我在下面评论说，哈哈，我这里是夏天，一边吃冰淇淋一边擦汗，加一个嘲笑或得意的表情。心里却是满满的羡慕。

这南边温润的城市，雨下得干净而温柔，风刮得冷但不烈，让我不止一次地想起大连吹得人"蓬头垢面"的风，下得人浑身湿透的雪。

我跟闺蜜说，我冬天一月份回国，请我吃饭。她说，好啊好啊你吃什么。羊肉串，要马路边上烟飘得特别大特别熏人那种的，焖子，学校后面三块钱一大碗的那家，还有书店对面杂志摊旁边的煎饼果子。她鄙夷，你有没有出息啊。

乔一在她的书里有一句话，"因为只有在我面前，她可以不用坚强"。在最爱的一群人里，在最爱的城市里，我一直都是最没出息的自己。

思乡的人思的是什么？乡愁的愁源自何处？

都是记忆，都是人，都是彼时的岁月，都是过往。

你在北方的寒夜里大雪纷飞，我在南方的艳阳里四季如春。

以前自己也想过，南北而已，换了个地方学习而已，怎么就这么大差距了？

冬至日，气温二十四度。

南北而已，差距不大，仅此而已。

扫二维码，聆听本篇精彩片段配音朗诵（15′30″—21′05″）

乡思

江山民

每个离家人的心里都有思乡之情，只是忙于奋斗，忙于奔波，忙于那不知终点何处的前程，而无暇回首。

当岁月缓缓流过，终于能静静地坐下，看着故乡的云从曾经走过的路远远飘来，看着异乡的水慢慢地向着遥远的故地流去，那埋藏心里的乡愁，怎能不轻轻泛起？

乡　音

回到家乡，感觉很爽的是可以肆无忌惮地大声说家乡话，无论走到哪里，无论和谁，都可以理直气壮地说出乡音。多少年过去，儿时的俚语还是可以不加思索随口而出，心里充满了我在家乡的喜悦。离家的日子已经很久，上学，工作，漂洋过海，说外面话的时间已经很多很多地超过了说家乡话的时间。在外越久，离家越远，家乡的感觉越浓。

其实最不爽的也是在说家乡话的时候，当我迷失在曾经最最熟悉的城市中心，当我无法辨认宽阔的马路旁小河边自己出生的早被拆掉的房子的位置，极不好意思地向路人问询时，那不由自主脱口而出家乡俚语的时候。

乡 味

故友邀约，到达后故友递上一袋麻糕，说是朱伯记特制，晨起排队购得。盛情难却，尝了一块椒盐味的，又甜又咸，又脆又酥。

记得儿时离家不远处的弄堂口就有一家麻糕店，偶尔母亲会拿出几个硬币让我去买麻糕作早点，老板和面时加一些盐水，烘烤前刷一层不知名的液体，好让烤出的麻糕显得金黄，再洒些芝麻，烤炉是一简单的铁皮圆筒，生麻糕胚子沾些水后就贴在筒的内壁，筒底烧的就是家家生火用的煤球，那是三分钱一块的麻糕，每次都需要排队，排队时看着老板光着的臂膀和红红的大手在火热的炉筒里不断进进出出，再闻着刚出炉的麻糕的香味。再不远处就是迎桂馒头店，那里有五分钱一块的麻糕，和面时加了些许食品油，烤出的麻糕就会酥软。让常州麻糕出名的是常州特有的大麻糕，约有130年的历史，起初被叫作"草鞋底"，因其形状如鞋底，又多为穿草鞋的挑夫走卒所食有。每次家里买大麻糕，一定是来了客人或准备送外地亲戚。

还记得第一次小学期末考试，母亲早起为我买了一根油条、两块麻糕，母亲一辈子最念叨的就是要我考满分。

走出约会处，外面正是梅雨满天，走在曾经无数次走过的路上，也走在曾经无数次梦见的家乡城市，周围的一切是如此熟悉，又如此陌生。小心地提着故友的麻糕，提着满满的儿时记忆。

乡 雨

清晨醒来，听着屋顶上叮叮当当的雨声，恍然回到了儿时的江南，江南多雨，尤其是梅雨季节。从小喜欢伴着雨声读书，也喜欢听着雨声出神。窗外的雨帘让世界变得朦朦胧胧，也让人的思绪变得无边无际，无拘无束。运河水在窗外匆匆流过，带走了旧时的时光，带来了儿时的幻想。

记得小时候常常坐在窗前，痴痴地看着运河上密密的雨点，幻想着有一天披簑摇橹去远方；

记得曾经无数的雨中散步，伞下那弯弯的小巷，青青的石板，走不尽少年的彷徨；

记得那年的高考，偶尔从如山的习题中抬头，天井中不知何时飞来了一对快活的雨燕；

记得大学里年年的雨季，"江南梅雨期，金陵雨集时"，走进六朝古都的风雨，为的是感受离家的寂寞，感受家乡的湿润；

记得那年北京难得的暴雨，圆明园的荒道上试着重拾少年的残梦。

当年从京杭古运河畔走出，如今已远涉重洋，远走天涯。可是无论走到哪里，无论是塞纳河畔的繁华锦绣、卢瓦河水的

青青秀丽，还是 ISERE 流淌而来的灿烂文化，心里念叨的还是那遥远的家乡：那年的梅雨是否依期而来？

"一瓣心香寄明月，江南梅雨无限愁。"

洋岸的王媳子

孙家琰

　　人们常说：人老了就会怀旧，总是怀念过去的往事。实际怀旧并不意味着衰老，或者说是舍不得丢弃那些破旧物，而是忘不了埋在心底里的那份情。

　　我怀念我的故乡、怀念父母、怀念逝去的亲人，怀念儿时的老师，还怀念战时伴我渡过重重艰险的老区乡亲，他们是养我、育我、护我的根，也是留在我心里的情。

　　我是一个革命干部的子女，从小在革命队伍中长大，今年八十五岁。1940 年全家人随父亲来到苏北敌后根据地，在那战火纷飞的游击环境中，与农民群众生活在一起，生死与共，鱼水相依，亲如骨血。时至今日，虽已时过境迁，但许多往日的人和事，记忆犹新，时常想起，十分怀念。

　　又是一次日伪军的大扫荡，时间是 1944 的秋天。抗日战争已发展到了最后阶段，日本侵略者在作垂死挣扎，疯狂地向革命根据地进行清乡、扫荡，并实行"三光"政策，所到之处肆意烧、杀、抢、掠，十分残酷。根据地的军民遭到了严重的牺牲和摧残。

原东台县（现大丰）的洋岸，是苏中二分区的中心地区，专署直属部门、后方医院、学校等都驻在附近。我刚进二专署所办的盐垦中学读书，学校就设在老乡们的家里，打谷场是校室，膝盖、被包作桌椅，进行游击教学，师生们吃住和老百姓一起，同艰苦，共生死。

一天清晨，一位女同学突发心脏病去世，又有消息说，驻扎在西团的日伪军，在沈灶袭击军分区文工团未成，转身向洋岸方向来扫荡。盐垦中学的大部师生与所在地的后方机关，迅速分散转移。父亲是盐垦中学校长，与少数同志留下，等候病故同学的家属共同料理后事。

中午，村里的乡亲们也各自疏散，人烟渐渐稀少，鸡犬之声似乎也听不见了，空气显得有点沉闷。父亲带着通讯员潘二小回到住处，匆匆吃了几口饭，就让母亲、我及弟妹与他同返回学校驻地，准备向村外转移。房东王嫂子是个年轻的寡妇，因为封建习俗，二十岁不到与一个病危男人成亲，说是"冲喜"，结果还没入洞房就守了寡。听说父亲要带我们转移，她一人胆怯，要求父亲将我留下与她作伴，由她负责带我转移，父亲同意了。王嫂子虽然年轻，但纯朴、勤劳、坚强。她常常身穿一套白粗布的孝服，一个人种地过日子，从不悲悲戚戚，家里屋外收拾得干干净净、清清爽爽。我同情王嫂子，也喜欢王嫂子，情同家人，那时我十三岁。可是就在父亲离开不足一刻钟的光景，鬼子抄近道，从村子南边跨越小河，迅速进到了村子的中心。哒、哒、哒，哒、哒、哒，一阵阵机枪扫射声响起，村子里顿时鸡飞狗跳，乱成了一锅粥，还没有离开家的乡亲们，慌忙扶老携幼地四处奔跑。王嫂子后悔不该让我离开父母留下来陪她，又担心一旦发生危险以后怎么交待？她一会儿拉我向东，说是送我去找父亲，一会儿又怕遇上鬼子，拉着我的手又向西，来来回回地奔跑，不知如何是好……枪声已经越来越紧了，一位大爷见王嫂子牵着一个新四军的孩子来回奔跑，大步向前高声大喊：快跑！快跑！鬼子已经进村了，并不由分说地拽住我和王嫂子两个人的手，拼命地向村外大茅草荡里跑。

记得那时洋岸，村子西面、北面，好像没有庄稼地，就是一片大的茅草荡，春天茅草刚发芽时有茅针（即茅草花），嫩嫩的，甜甜的，可以生吃，还可以和剥出来蒸鸡蛋吃。因为当时已近深秋，茅草不仅长得很高，而且已经枯黄成紫红色，一望无际，很是好看。草荡的深处有一块曾经葬过死人的大泥坑，坑里已聚集十多位躲鬼子的乡亲们。他们见我是个学生，短头发、脚穿搭攀鞋，马上就给我化装，大妈取出自己的假发，给我扎了小辫子，大嫂子自己打光脚，让我换上她的粗布鞋，把我扮成了农村小姑娘的模样……

天渐渐地昏暗下来了，这一天鬼子没有离去，除了听到村

子里闹闹嚷嚷的嘈杂声外，我们什么情况也不知道。

深秋的夜晚，天气已经很冷了，红茅草叶片上的露水，已经结起了一层薄霜，我和乡亲们围坐在大坑里，饥寒交迫，几乎在发抖。王嫂子怕我着凉，拼命把我搂在自己的怀里。不知是什么时候，一位家在村边的大爷，悄悄走回家，提来一桶热乎乎的玉米糁子粥，还扛来一条大棉被，给大家御寒充饥，真是雪中送炭，顿时间坑里的人们心都热了，不是一家人胜似一家人，每个人轮流喝了一碗热稀粥，又把几十条腿蜷缩在一条被子里，心都紧紧地贴在一起了。

这一夜，谁都没有合眼，心都是沉甸甸的，老乡们都屏住气在注视着村里的动静。这一天好像是农历的十五，明月当空，十分皎洁。可是此时此刻，谁还有那闲情，去注视那天空的景色，月光似乎也显得有几分惨淡。我倚在王嫂子的肩膀上，仰望长空，心情也有点忧伤，不知父母弟妹是否还能安全相见，也不知学校师生会去向何方……

临近天亮时，忽然村里一阵狗吠，接着就是鬼子抓鸡杀猪的嘈杂声，以后又有人佯装老乡们的口气叫喊："小三子、二丫头，鬼子、和平军（伪军）那些狗日的都走了，你们都回家吧……"他们想诱骗隐藏在野外的老乡和新四军出来，谁也没有上当。

敌人这次偷袭洋岸，也什么没有捞到，吃饱喝足后，放了一把大火，烧了洋岸老百姓的许多房屋和盐垦中学准备建校的木料，又胡乱打了一通机枪，耀武扬威地走了。

我远远见到，鬼子扛着膏药旗的队伍上了公路，渐渐走远了，我迫不急待地拉着王嫂子拔腿就往村里跑。然而远远望去，眼前浓烟滚滚的下面，已经是残墙断壁，一片废墟，村中央广场上，堆放的准备建校的木料，还在燃烧着，火舌四射，浓烟继续翻滚，人群中除了悲愤得嚎啕大哭的乡亲外，透过火光我发现火堆的对面还站着我的父亲——孙蔚民校长，啊！一夜未见，他似乎换了个人，面色苍白，眼镜下的眼窝深陷，头发雪白，身体更消瘦了。我赶紧跑过去，原想和父亲说一句庆幸我们平安相聚的安慰话，然而，面对乡亲们的房屋和财产都化为一片灰烬，我们的心都碎了，四目相视，除了泪水，已相对无言，一句话也说不出来。

　　离开洋岸后，我就没有再去过那个地方，只是我对那次往事的情景，仍寄予深情。

　　1984年秋，我有一次难得的机会要去大丰县出差，突然想起了洋岸，感情一下子回到了几十年前的过去，我急切地想再见到当年生死与共的王嫂子。工作之余，我给县里的领导流露了自己的心愿，得到了支持，他们同意派一辆车子陪我前往寻找，我高兴极了。从县城至洋岸八十里路，并不算远。只是经过四十年的变迁，到达洋岸时却面貌全非，完全不认识了，原来的村庄，还有茅草地等，几乎痕迹也找不到了，询问、寻觅、走访了周边几个村子的干部和老人，都说不知道王嫂子是何人？我很失望甚至伤感。因为我再没有其他线索，也交待不出王嫂子她当年究竟姓甚名谁？无奈何，我只好放弃寻找的意愿，乘车返回。谁知此刻，有一位大爷说：邻村有一位姓蒋的大妈，与女儿同住，好像是洋岸人。然而王嫂子姓王，过门时就死了丈夫，哪来的女儿？我迟疑。但是既然还有一线希望，为什么不追根到底？于是我跟着那位大爷又来到了那位姓蒋的人家。啊！真是好极了，天老爷不负有心人，王嫂子正是其人，她娘家姓蒋，女儿是她后来领养的，她现在和女儿一起生活。更惊喜的是，当县里的同志说明来意，问起当年鬼子扫荡，有无新四军住她家，她不等来人把话说完，就直呼其名地说：有啊！是孙校长、孙师母，还有他家姑娘孙家琰。我惊讶不已，高兴极了，和她拥抱在一起，亲热了好一阵。王嫂子更是忙得不可开交，她一面烧开水，煮糖水荷包蛋，一面又要炒花生炒葵花子，时而说，孙校长人好，把姑娘丢下来陪我，时而又说，把孙家琰带到埋死人的坑里躲鬼子吓死了，时而又哈哈大笑……可是天色已渐渐地晚了，我明天还有工作，来不及和她细谈家常就又要走了。王嫂子还是像当年一样，拉着我的手不让我走，要求我留下，说她还有许多话、许多事要对我说，但是没有办法，我只能依依不舍地与她告辞了。

　　返回的汽车已经起动了，夕阳中她肩扛着装满花生、红豆、绿豆的麻袋，仍在车后面继续地向前追赶……她那瘦小、坚强，善良而又深情的身影，深深地烙在我的脑海里，让我永远思念。

乡愁

荣生

从关山之巅，
到扬子江畔，
我像一条小鱼，
沿着潺潺清溪、浩渺长江，
迴游到我的故乡——我温暖的港湾。
但是，在遥远的渭河之滨，
始终有一双曾被油灯熏陶、书香沉浸、
曾经年轻、永远美丽的明眸在注视着我，
她的眼里，
折射着我少年时的癫狂和桀骜不驯，
映照着我曾拥有的苦涩的青春，
和青春的晶莹如玉。
而在我渐渐苍凉的心里，
也始终有一颗璀璨的星星，
闪闪烁烁，似隐似现。

那就是她——

永远稚气可爱，永远浑然天成。

是她的坐标，

让我一次次徜徉在那片，

长留我们青春的林海雪域，

去追寻那已逝去的花样年华。

思念似岁月一样悠长，

它拖着残留的芬芳，

带我飘进梦的故乡。

故乡是那般明艳，

犹如少女的红唇，

却又那般严寒，

恰似两鬓白霜，

我拥抱着绵绵的思念，

仿佛拥抱着彼此永不枯竭的乡愁，乡愁。

扫二维码，聆听本篇精彩片段配音朗诵（0′00″—3′04″）

回到老宅深巷

王忆

人间四月天
阴雨蒙蒙连成小塘
轮椅转动
碾着石板来到小桥上

两岸的油菜花摇曳着
透出阵阵芬芳
穿越几十载花样年少
我亦不再
伏在老人肩膀

齿轮滑进故居的老巷
静悄悄没有声响
齿轮渐渐逗留在
迷茫的时光

往昔的木插门

换成了防盗窗

褪色的红喜贴

在风雨中飘荡

那时的朱红扇门

如今变成了冷模样

灰土泥墙沉淀着岁月苍茫

一眼望去

深深的老巷

又传来

麻团、烧饼、芝麻清香

当年是谁驮着孩童

买来下午茶

解一解小嘴的渴望

对门街坊唤起父亲乳名

只是年岁心伤都变了样

隔着冰冷铁窗不停张望

伸手再摸一摸那面砖墙

期望能听到曾经的声响

却被绵绵细雨

一遍遍打醒了

心底的惆怅

悠悠深巷

依然在我梦乡

后记

由江苏人民出版社与互动百科联合举办的"乡愁若灯——记住乡愁，留住乡韵"互动征文出版活动，历经一年，已顺利完成征稿、线上线下互动、配音朗诵、编辑出版等环节，目前，配有音频的《乡愁若灯：互动征文选集》一书终得出版。

在本次活动中，我们得到来自海内外的读者的热情支持和积极参与，你们投来充满真情的稿件，我们都一一拜读了，但由于篇幅所限，我们不能全部使用，对已录用的稿件，我们作了部分删减，希望得到你们的谅解！

本次活动得到上海铁路局南京客运段、新华社江苏分社、中央电视台江苏记者站、江苏广电等单位的大力支持，在此表示衷心的感谢！

本次活动得到著名主持人林杉、付国、李佳的鼎力相助，使活动熠熠生辉；著名作家柯江、著名文学评论家毛贵民、著名诗人曹峰峻，诚奉力作，使活动文趣盎然，在此，我们深表谢意！

本书编写组
2016 年 9 月

图书在版编目（CIP）数据

乡愁若灯：互动征文选集/本书编写组编.
—南京：江苏人民出版社，2016.8
ISBN 978 - 7 - 214 - 19489 - 3

Ⅰ.①乡⋯ Ⅱ.①乡⋯ Ⅲ.①中国文学—当代文学—
作品综合集 Ⅳ.①I217.1

中国版本图书馆 CIP 数据核字（2016）第 196571 号

书　　　　名	乡愁若灯：互动征文选集
编　　　　者	本书编写组
责 任 编 辑	王　溪
责 任 校 对	胡天阳
装 帧 设 计	刘莘莘
封 面 摄 影	李云威
插　　　　图	窦肖康
配 音 朗 诵	陈静美
出 版 发 行	凤凰出版传媒股份有限公司
	江苏人民出版社
出 版 社 地 址	南京市湖南路 1 号 A 楼，邮编：210009
出 版 社 网 址	http://www.jspph.com
经　　　　销	凤凰出版传媒股份有限公司
照　　　　排	江苏凤凰制版有限公司
印　　　　刷	江苏凤凰新华印务有限公司
开　　　　本	880mm×1230mm　1/32
印　　　　张	6.375　插页 2
字　　　　数	124 千字
版　　　　次	2016 年 9 月第 1 版　2016 年 9 月第 1 次印刷
标 准 书 号	ISBN 978 - 7 - 214 - 19489 - 3
定　　　　价	35.00 元

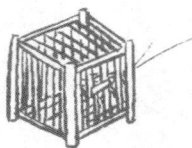

鄉愁不是愁

從家鄉到故鄉